www.mayabook.co.kr

www.mayabook.co.kr

www.mayabook.co.kr

www.mayabook.co.kr

프로젝트
오벨리스크

프로젝트
오벨리스크 ④

지은이 | AKARU
펴낸이 | 권순남
펴낸곳 | (주)마야 · 마루출판사

등록 | 2008. 1. 7(제310-2008-00001호)

초판 인쇄 | 2015. 9. 8
초판 발행 | 2015. 9. 10

주소 | 서울시 노원구 상계 1동 1049-25 신영산업 BD 602호
대표전화 | 02-2091-0291
팩스 | 02-2091-0290
이메일 | marubooks@hanmail.net

ISBN | 978-89-280-6167-9(세트) / 978-89-280-6341-3
정가 | 8,000원

「이 도서의 국립중앙도서관 출판시도서목록(CIP)은 서지정보유통지원시스템 홈페이지(http://seoji.nl.go.kr)와 국가자료공동목록시스템(http://www.nl.go.kr/kolisnet)에서 이용하실 수 있습니다.」
(CIP제어번호:CIP2015024104)

프로젝트 오벨리스크

AKARU 퓨전 판타지 장편소설

MAYA & MARU FUSION FANTASY STORY

Project Obelisk

마루&마야

▲목 차▲

Project Obelisk

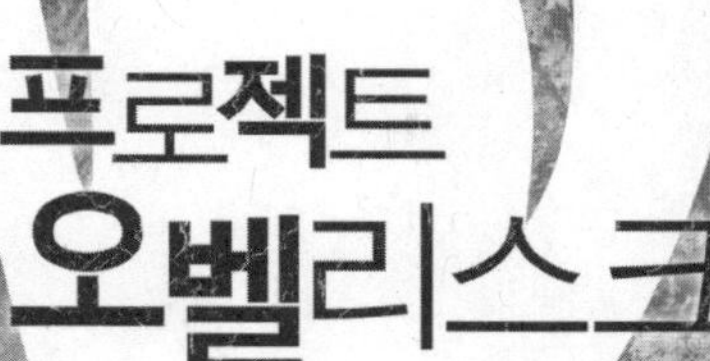
프로젝트
오벨리스크

페이즈 7-2

메인 탱커의 자리

지하 묘지 던전.

[이세연 시점]

'언제까지 이래야 하지?'

지하 던전을 내려가면 내려갈수록 적들도 다양해지고 있다.

해골 병사뿐만이 아니라. 좀비도 본격적으로 나오기 시작했고, 강철이 말했던 박쥐들까지 나오고 있었다. 그에 메인 탱커이자 솔로 탱커인 세연의 부담은 점점 커졌고, 아픈 팔의 감각이 성가시게 느껴졌다.

'죽어. 죽으라고. 뒤지라고. 붙지 말란 말이야.'

므어어어.

"바, 박쥐 떼입니다! 숫자는… 수백!"

째재재잭! 가가각!

시커먼 흡혈박쥐 무리가 떼로 날아오지만 광역 기술이 전무한 세연으로서는 어찌할 도리가 없었다. 어찌어찌 대검을 박쥐 떼들을 향해 휘두르지만 어그로를 얻을 수도 없었고, 애초에 이 박쥐들은 〈패시브-죽은 자〉를 가지고 있는 세연에게 일절 관심이 없다는 듯 지나치고 있었는데…….

"할배! 〈액티브-에코 블래스트〉!"

"허허! 알았네! 〈액티브-에코 블래스트〉."

두둥! 우우우우우우웅! 후두두두둑!

인간의 청력을 뛰어넘는 음파 공격. 아무리 몬스터라지만 결국 특성은 원본 동물과 똑같아서 이 박쥐들도 초음파를 이용해서 상대를 찾고, 공격한다.

위저드인 서경학이 강철의 지시에 따라 마법을 쓰자, 비오듯이 흡혈 박쥐 떼가 땅에 떨어지고 있었다. 인간으로 치면 뇌진탕에 가까운 상태 이상으로 쓰러진 거나 마찬가지.

수백 마리나 되는 박쥐가 땅에 떨어져서 바들바들 떨고 있는 광경은 혐오스러웠으나 강철은 태연하게 지휘한다.

"성아야, 날개 손상 안 가게 몸통만 쏴서 죽여 버려. 은랑! 세연이 너도 날개 손상 안 되게 몸통만 찌르고, 할배는 또 박쥐 떼가 몰려올지 모르니 마력 회복하고, 주문 준비하세요. 그리고 각자 죽인 놈의 날개는 꼭 챙기세요. 그거 장당 2천 원짜리입니다."

"허허, 알았네."

즉, 박쥐 한 마리에 4천 원인 셈이다.

그래도 마릿수가 많으니 이것도 다 돈. 모조리 챙기라고 말하는 강철이었다.

은랑과 세연은 태연히 해내는 반면, 나이 어린 성아는 박쥐 시체에 손을 대는 것을 꺼림칙하게 여겼다. 뭐, 아직 어린 여자애니 어쩔 수 없지. 보자, 정확히 83마리군.

"생각보다 적네요."

"그야 이 좁은 환경에 어둡기까지 하니까 다르게 보이는 거지."

뭐, 환경이 사람을 바꾼다는 이야기가 있지.

그나저나 세연이가 방금 수백이라고 했던가? 어두운 곳에도 잘 보이는 애가 이상하게 보일 게 어디에 있다고? 아마 솔로 탱커의 중압감과 스트레스가 그녀를 짓누르는 것이리라.

엘로이스 씨도 능숙하게 박쥐 시체들을 처리하는 걸 보아 역시 베테랑의 면모를 보여 준다.

"자자, 다 처리했으면 계속 가죠. 지하 던전에서 노숙하고 싶진 않으시죠?"

"해 봤는데 최악이었습니다."

그렇게 첫 입장하고 난 뒤 6시간이 되어서야 긴 통로로 된 던전의 끝이 보이기 시작했다. 오벨리스크의 기둥이 뿜어내는 선명한 빛의 존재가 반갑기까지 했다.

언제 봐도 저 기둥은 반갑기 그지없다. 이것만 깨면 드디어 나갈 수 있다는 희망이 다른 모든 이들의 얼굴에 나타난다.

하지만 그 전에 보이는 것은 바로 보스 몬스터였다.

"Lv. 20 엄청 썩은 좀비 드래곤이라."

몸길이 약 8미터, 높이는 약 1.6미터로 몸 여기저기의 살이 썩어 빠져서 뼈가 보일 정도였고, 곳곳에 파리와 기생충들이 득실거리는 외양이었다.

현재 오벨리스크의 기둥 앞에 엎드려 있는 놈은 침입자가 나타나자 일어나서 우리를 조용히 쳐다보고 있었다. 겉보기엔 만지기도 싫을 만큼 엄청나게 혐오스러웠다. 그래도 용이 모티브라고 나름 무섭게 생기기도 했지만…

"체력은 통상 몬스터보다 훨씬 많지만 방어력도 낮고, 빛 속성 데미지에 추가 데미지가 들어가서 완전 개허접 보스지."

〈엄청 썩은 좀비 드래곤 (Lv.20)〉

체력 : 120, 000/120, 000

그 흔히 있지 않은가? 체력은 엄청 높아 보이지만 사실 유저들의 딜링 욕구를 채워 주는 물살인 보스 타입.

언데드라서 카운터도 명확하고, 엘로이스 씨가 〈액티브-언데드 파악〉 스킬을 써 주니 물리 방어력이 -20퍼센트, 마법 방어력이 -10퍼센트다. 즉, 모든 공격이 추가 데미지로 박히고, 언데드라서 빛 속성 데미지도 얄짤 없이 추가로 박힌다는 정보를 알려 주었다.

과연, 이건 현마에게서도 본 적 없는 스킬이다. 퇴마 트리 전용이군.

“음, 그냥 퇴마 기술을 쓰면 한 방일 거 같은데…….”

“그래서야 훈련이 안 돼요. 자, 다들 저게 보스 같은데 간단히 브리핑 갑니다.”

나도 많이 잡아 본 몬스터다. 나 같은 퓨어 탱커도 딜이 나름 나오기에 잡는 재미도 있고 말이다.

일단 브리핑을 해 줘야겠지. 만만하다곤 해도 보스 몬스터고, 나름 즉사기도 두 가지를 가지고 있는 놈이다. 피하기가 너무 쉬워서 맞으면 등신이라고 욕을 해 줘야 할 판이지만.

“에, 어차피 딜 엄청 잘 박히니까 쫄 거 없는 보스고, 성수 리필해서 바르고, 성아 너는 그냥 딜하다가 즉사 패턴만 나오면 피해. 패턴이 2개야. 재가 어떤 패턴의 좀비 드래곤인지는 상대해 봐야 알겠지만 우선은 브레스, 강산 브레스 혹은 시독 브레스를 쓸 건데 입 쫘악 벌리고, 목을 젖혔다가 뿜는 거라 일단 입 벌리면 좌우로 튀어!"

"예. 다른 하나는요?"

"난동 부리는 거. 체력이 좀 마니 깎이면 쓰는데 꼬리랑 몸체를 쿵쾅거리면서 지진 비슷하게 일으키거든. 이때는 엎드려서 자세가 안 무너지게 해. 그 외에는 샌드백이나 다름없는 몬스터니까 주의할 거 없어. 특히 세연아, 알았지? 일반 공격은 앞발만 휘두르는 거니까 주의하고!"

자세히 설명을 해 주자, 나를 제외한 다른 이들은 내가 말한 대로 각자 무기에 성수를 다시 바르고 싸울 준비를 마쳤다. 음, 이제 보스 몬스터니까 세연이의 팔 상태가 걱정이 되는 나였지만…

"걱정 마. 세연이는 할 수 있어."

"그래, 이거만 잡고 돌아가서 치료받으면 되니까 조금만 힘내."

"응."

세연이를 격려한 다음 나는 성아와 은랑의 레벨을 확인한다. 둘 다 같이 들어오고 같이 레벨 업해서인지 현재 14레벨. 스킬 포인트 4개를 어디다 쓰냐고 나에게 묻고 있었다.

"은랑 너는 일단 스포 3개 위협 수치 보는 거 무조건 찍어."

"3개 다?"

"마스터 효과 봐야지. 어지간하면 패시브 같은 건 다 찍어."

딜러 주제에 어그로 감지도 못한다니! 무능한 놈!

성아의 경우는 레어 클래스이니만큼 좀 더 신중히 가자는 뜻으로 일단 4개 다 남겨 두기로 결정했다. 어차피 지금 딜은 부족한 게 아니었다.

모든 준비를 끝내고 세연이 앞장을 섰고, 그 뒤를 은랑과 성아, 경학 할아버지가 선다. 좀비 드래곤도 우리의 적의를 읽은 건지 붉게 빛나는 눈으로 세연을 노려보고 있었다.

"내가 신호하면 들어가, 세연아."

"응."

"은랑이랑 성아는 어그로 잡히고 고개 돌리면 딜 시작해."

"알았다, 큰 늑대!"

"알겠습니다!"

마지막 주의를 준 다음 나는 카운트다운을 세기 시작했다.

"5… 4… 3. 2. 1. GO!"

"〈액티브-혹한의 검〉! 〈액티브-도발〉 '망할 시체 자식, 왜 사냐?'-언데드 사념."

퍼걱!

세연이는 검에 버프를 걸고 도발을 사용하면서 달려가 그대로 머리 쪽을 베듯이 휘두른다. 좀비 드래곤이라서 살이 너무 문드러졌는지 검이 베이는 게 아니라 파여 들어가면서 체액과 살덩어리가 폭발하듯 비산하고 있었다.

끼에에에에엑!

“〈액티브-후려갈퀴기〉!”

“받아라!”

콰자자작! 푸슉! 철퍽! 철퍽!

은랑은 이리저리 뛰면서 좀비 드래곤의 살을 파듯이 딜을 했고, 성아도 열심히 블래스터를 쏘면서 움직이고 있었다.

탱커인 세연이 또한 좀비 드래곤의 느릿한 공격을 피하면서 열심히 딜을 하고 있었는데…

“역시 딜탱이라 디피가 꽤 나오네.”

“어디요? 흐음~ 물론 상대가 더 저렙인 이유도 있겠지만 딜이 상당하네요.”

데스 나이트. 더불어 세연은 때릴 때마다 〈소울 드레인〉으로 딜량의 일정치를 이용해서 체력과 마력을 동시에 회복한다. 공격=수비인 레어 클래스. 역시 막강하구만~ 레벨이 좀 더 오르고 제대로 된 생존기가 생긴다면 힐 없이도 탱이 가능한 사기 클래스의 강림이겠군.

“그래서인지 생각 이상으로 체력 소모가 적어서 체력 빠지는 게 보기 어려울 정도입니다. 차라리 전투 참여를 희망하고 싶을 정도입니다.”

"에이, 나설 데가 따로 있지. 지금 열심히 잡고 있는 걸 뺏으면 오히려 신입들 상처 입는다고~"

한창 열심히 잡고 있는 보스 몹에 72렙짜리가 와서 엄청난 딜량 처박아서 원킬 내면 무슨 기분이겠냐? 애들 노는데 어른이 나서는 게 아닌 거랑 같은 이치다. 보스 몹보다도 세연이의 레벨이 높아서인지 생각보다 체력 소모도 적고 말이다. 라고 생각하던 차…

므끼기기기기기기기기!

브레스군. 좀비 드래곤이 머리를 크게 젖히고, 입을 쫘악 벌리면서 기괴한 소리를 내려는 준비 자세를 하는 걸 보니 확실했다.

은랑은 기회다 싶어서 더욱 열심히 딜을 했고, 성아는 이미 안전한 위치라서 걱정할 필요가 없었기에 열심히 딜한다. 세연이는 브레스를 피해 왼쪽 안전한 지대로 자리 잡았다.

꾸웨에에에에에!

치이이이익!

좀비 드래곤의 브레스에 지하 석벽이 녹아내린다. 코가 화끈거리는 냄새를 보니 강산 브레스군. 암만 레벨 차이가 난다지만 저런 유독성 화학 물질을 내뱉는 몬스터는 탱커의 재생 치유비를 급상승시키는 완전 개 같은 몬스터다.

"세연아! 그거 강산 브레스야! 맞으면 피부가 녹으니까 절대 맞지 마라!"

재수 없게 직격하면 힐이고 뭐고 없이 그냥 녹아서 사라질 수도 있는 위험천만한 놈이군.

하지만 그런 즉사기의 위력과는 반대로 시전 자세가 엄청 기니까 진짜 멍 때리거나 하지 않는 이상은 맞는 게 이상한 기술이었다. 그래, 이대로만 가면 무난히 잡겠네.

[파티원들 시점]

[Lv.20 엄청 썩은 좀비 드래곤 체력 : 65, 231/120, 000]

[멸망의 천사 님의 일반 공격에 1, 202(+에너지탄 추가 데미지 602)의 데미지를 입었습니다.]

성아는 자신의 사격에 뜨는 데미지량에 감탄하고 있었다. 교육소에서 때릴 때는 10레벨 때인가? 200~300밖에 데미지를 주지 않았는데 저 좀비 드래곤은 방어력도 낮고, 언데드 추가 데미지도 들어가서 딜량이 엄청 잘 나오고 있었다.

'이, 이거 재미있을지도……?'

'이놈은 쉽다. 시체 용, 사냥! 즐겁다!'

끼웨에에엑!

은랑 또한 자신의 공격에 비명을 지르는 좀비 드래곤을 보며 사냥의 즐거움에 빠지고 있었다. 늑대하면 무리 사냥! 파티 플레이도 엄연히 무리 사냥이라고 할 수 있는 것이었다.

'허허, 이거 심심하구만~'

유틸 서포팅 마법사인 위저드, 간달프는 하품을 하며 지루해하던 차다. 딜에 마나를 쏟아 봐야 정통 마법사에 뒤지는 만큼 특별한 방어 패턴이 아니면 그저 서포트를 하라는 강철의 명령을 준수하고 있는데, 무난히 잡고 있는 형세를 보니 자신의 차례가 올 거 같지도 않았다.

'특별한 공격을 넣지도 않으니 경계할 것도 없구만… 뭐, 고레벨들 데리고 저레벨에 교육 겸 온 거니…….'

꾸웨에에에에에에에!

무난히 체력이 절반 이하로 내려오자 좀비 드래곤의 눈빛이 더욱 붉어지며 날뛰기 시작한다. 바로 광란 패턴으로, 지하의 공동이 흔들리면서 천장을 막는 석판들이 떨어질 정도로 거센 난동이었다.

땅이 흔들리는 소리와 함께 바닥의 돌들이 들리고, 위에서 석판 등이 떨어지는 상황. 딜러들이나 힐러들은 몸을 가눌 틈이 있지만 탱커는 그게 아니었다.

'크윽! 땅이 흔들리는데도 적의 공격은 들어오니까 힘들어!'

땅이 흔들리는 와중에도 세연은 좀비 드래곤의 공격을 받아 내면서 탱킹에 힘쓰는 중이었다.

솔로 탱, 그것도 메인 탱커의 일. 직접 해 보니 장난이 아니었다.

'아저씨는 이런 걸 3년이나 했단 말이야?'

데스 나이트 특성상 호흡은 없었지만 체력의 소모와 고통을 느끼는 그녀는 이 메인 탱커의 일이 얼마나 힘든지 절실히 느끼고 있었다.

잘 안 보이면서도 좀비 드래곤은 계속해서 공격을 하고 있으니 미쳐 버릴 거 같았다.

아픔, 고통, 피해야 하는 강박감. 왜 탱커들이 스트레스에 시달리고 욕을 하고 싶은지 알 거 같은 그녀였다.

"이 망할… 컥!"

퍼억!

순간, 땅에 몸을 가누지 못해 좀비 드래곤의 앞발 공격을 직격으로 맞아 버리는 세연의 몸이 흔들린다.

땅도 흔들리는 와중에 몸의 균형을 잃은 그녀는 땅을 몇 바퀴 구른다. 천장의 돌이 깨져서 떨어진 곳에 세연이 나가떨어진다.

"제기랄… 어?"

므끼기기기기기기기기!

그리고 그 순간 좀비 드래곤의 광란이 끝나고, 그동안 빠진 체력 때문인가? 놈은 입을 열고 목을 젖히기 시작했다. 브레스 타이밍!

성아와 은랑은 여전히 딜을 하는 데 심취한 상태. 서경학 할아버지는 갑자기 세연이 나가떨어지자 놀라고 있을 뿐

금방 일어나겠지, 하며 그냥 바라보고 있는 상태였다.

세연 또한 브레스가 온다는 걸 알기에 일어나려 했지만…

'다, 다리가… 끼었어!'

"세연아, 뭐해?"

천장의 무거운 돌과 바닥이 파인 부분에 갑옷의 신발이 끼어 버렸다. 돌을 치우려고 힘을 써도 무게가 엄청난지 움직이지 않았다.

그제야 뭔가 심상치 않다는 걸 느낀 강철과 엘로이스였고, 엘로이스는 주문 시전을 시작하지만…

끼에에에에에…….

"제기라알!"

좀비 드래곤의 브레스가 세연 쪽을 직격하고, 강산의 브레스가 그녀를 휩쌌다.

세연은 눈을 꼬옥 감고 다가올 고통에 대비했으나 전혀 고통이 없었다. 이상해서 눈을 뜨니 주변의 석재들이 전부 다 녹아 있는 광경이 눈에 들어오고, 자신의 앞에 누군가 서 있음을 깨닫는다.

"아, 너 진짜아……."

치이이이이이이익…….

눈앞에는 어느새 '사룡의 저주 갑옷'을 완전 장착한 강철이 서 있었다. 저주받은 용의 모습을 한 갑옷 전체에서 연기를 내뿜으며 갑옷 틈새 사이사이로, 강산성 액체가 흘러

내리고 있었다. 즉, 그가 세연 대신 좀비 드래곤의 브레스를 받아 내 준 것이었다.

"아, 아저씨……."

"빠딱빠딱 안 일어나!"

퍽!

강철은 아무렇지도 않게 돌무더기를 발로 차서 세연을 구한다. 그리고 험하게 잡아당기듯이 그녀의 손을 잡고 당겨 좀비 드래곤 쪽으로 보낸다. 세연은 일어났음에도 강철이 걱정되어서 돌아봤지만…

"끝까지 탱해! 또 맞으면 너 진짜 가만 안 둔다!"

"으, 응!"

다시 좀비 드래곤에게 달려드는 세연을 뒤로한 채 강철은 천천히 엘로이스 쪽으로 가서 자리로 복귀하기 전 깜짝 놀란 표정을 하고 있는 서경학 쪽으로 간다.

"그, 그걸 대신 맞아 줄 줄……."

"할배, 씨발 돌았어? 여기 놀러 왔어? 내가 댁 국 끓여 먹자고 딜하지 말고 세워 놓은 줄 알아? 유틸 서포트 위저드라는 특화 트리를 짠 이유가 뭔데? 아, 진짜아… 방금 같은 상황에서 도와줄 수 있는 건 할배뿐이었잖아. 〈액티브-긴급 동결〉도 있고, 〈액티브-리버스 그라비티〉도 있고, 좋은 스킬 천지인데! 씨발! 그걸 어리버리타?"

"미, 미안허네."

"미안으로 끝났으면 씨발 1년에 탱커가 수만 명씩 뒤질 일이 없었지. 그러니까 내가 댁을 짭달프라고 부르는 거야! 넓은 시야로 아군을 구하고, 지휘 통솔하는 역할! 하지만 오늘 처음이라 일단 유틸리티부터 숙련되게 하려고 있는 거라고! 긴장해! 할배!"

"알았네."

면목이 없던 서경학은 허리를 숙이며 사죄한다.

방금 같은 경우 진짜로 세연이 죽을 수도 있는 상황이었다. 체력이 남고 자시고, 시체조차 남지 않을 정도로 녹아 없어지면 그냥 죽음이다. 괜히 즉사기가 아니었다.

그렇게 서경학을 한바탕 갈군 강철은 이번엔 엘로이스 쪽으로 다가온다. 현마랑 같이 커 온지라. 최상급의 생존 유틸기를 가지고 있는 점을 아는 강철로서는 아까 전 세연의 위기에 그녀의 반응이 느린 게 이해가 되지 않을 정도였다.

"정말 죄송합니다."

"닥치고 힐이나 해, 레벨 값 못하는 년아. 너 씨발, 레이드에서 용가리 힐만 하다가 왔냐? 버프는 없다 치고, 생존기 다 있는데 그걸 안 쓰고 자빠져 있냐?"

"면목 없습니다. 그런데… 괜찮으십니까? 주인님. 갑옷을……."

레벨 차이가 있다곤 하지만 강산성 브레스를 몸으로 막아냈다. 아무리 좋은 갑옷을 입었어도 그 안에 새어 들어가서 엄청난 고통을 주고 있을 게 분명했는데 강철은 갑옷 차림으로 태연하게 욕을 하고, 땅바닥에 앉아 있었다.

"괜찮으니까 빨리 처잡는 거 힐하라고, 개년아. 누구 하나 뒤지면 너 당장 반품이다. 갑옷? 안에 머리카락 다 죄다 녹아서 부끄러우니까 싫어. 나한테 신경 끄고 힐이나 하라고!"

"예, 알겠습니다."

[강철 시점]

아, 씨발, 졸라 끈질기네, 저 메이드 년. 젠장, 이런 문제를 생각 못했네. 워낙 레벨 차이가 많이 나는 곳에 세연이가 보여 준 탱킹력이 너무 좋아서 방심을 해 버릴 줄이야. 그냥 쉽게 이길 걸 저 망할 것들이 방심을 하는 바람에 이런 일이 될 줄이야. 참고로 브레스에 맞은 나의 심정은…

'크으윽! 졸라 아파아! 씨바아아알!'

들어가는 동시에 〈액티브-베히모스의 재생력〉을 틀고, 맞아 주긴 했는데…….

그나저나 이 갑옷, 좋긴 좋구나. 보통 일반적인 갑주면 저 강산 브레스에 녹아 없어져야 정상인데, 이 '사룡의 저주 갑옷' 세트는 저 좀비 드래곤의 브레스에도 흠집 하나 나지 않았다. 같은 용족의 공격에 내성을 지닌 것과 같은 원리였나?

하지만 그래도 갑옷 틈새 사이로 들어온 브레스의 여파에 등 쪽 전신이 따갑고 아파서 미쳐 버릴 거 같았다.

'이거 아니었으면 머리가 녹았겠지. 씨바알!'

하지만 여기서 자신이 쓰러지거나 고통스러워하면 전체의 사기에 문제가 된다. 이순신 장군님도 그러지 않았던가? '싸움이 급하다. 내 죽음을 알리지 마라(戰方急 愼勿言我死).'라고 말이다.

내가 욕하면서 화를 낸 것도 그 때문이다. 죄책감에 시달려 괴로워하면 사람이 위축될 뿐이다. 남 앞에서 하지 않고 개개인적으로 화를 내면 그 마음이 가벼워지기 때문이다.

'아, 씨발. 지부장이라는 거 엿 같네.'

자리가 사람을 만든다는 건가? 근데 엄청 힘드네. 뭐, 그래도 누가 죽는 것보단 훨씬 나으니까 어쩔 수 없지만…….

아, 이거 〈결정적 방어 횟수 추가〉로 치나? 맞네. 데미지 리포트에 '결정적 방어 추가'라고 뜨네. 좋은 거 한 개도 없는데 말이지. 그러니까… 그래, 아무짝에 쓸모없는 웹하드 상품권 같은 느낌이다.

'아… 아파서 정신 차리기가 힘드네.'

아마 갑옷 벗으면 내 몸 뒤쪽은 엄청 참혹하겠지. 지금도 아프고 어지러워서 미칠 거 같다. 재수 없으면 갑옷에 붙어서 또 살을 찢는 고통을 겪어야 할지도…….

그래도 다행인 건 재생 치료가 된다는 점이랑 난 탱커로서 준비가 철저하다는 점이지.

"으읍! 큭!"

난 엘로이스 씨가 눈치채지 못하게 인벤토리에서 진통제를 꺼내 주사한다.

씨발, 3년이나 탱커질하면서 가장 중요한 게 뭐냐면 정신력이라고 말할 수 있다. 아니면 정신을 똑바로 유지할 수단을 챙기던가! 물론 인간적으로 피부와 살이 녹아드는 아픔을 견디는 건 이상하다고 볼 수 있지만 예상되는 점이 없는 건 아니었다.

'분명 저거노트 특성이겠지.'

괴수 클래스, 정확히 어떤 스킬인지 모르지만 지금 쇼크사, 혹은 쇼크로 날 기절하지 않게 해 주는 요인이 분명 존재하고 있는 것이다.

보자, 느낌상으로는 〈패시브-거대한 존재감, 설명 : 당신이 커 보여요!〉나 〈패시브-퇴화된 마력, 설명 : 아~ 선생은 앞으로 마력을 쓸 수 없다. 그 말입니다. 다시 말해 마력 고자가 되었다 그 말입니다.〉 중 하나이려나? 하아, 나도 레벨업해야 이 엿 같은 해설들을 해석하는데…

"보자, 45레벨에 38퍼센트인가? 아…쓰읍! 씨발 진통제야 좀 빨리 돌아라. 아 쓰읍! 후우… 후우……."

진통제가 돌면 좀 나아지겠지, 생각하면서 이를 악물고 심호흡을 하며 고통을 버틴다.

그렇게 몇 분여를 버티자.

끄웨어어어어……!

쿠웅!

단말마와 함께 좀비 드래곤의 몸이 땅에 떨어지는 소리가 들렸고, 이어서 다른 멤버들의 환호성이 들린다. 이 C. FOOT 새끼들 진짜아!

"잡았어요! 잡았어요! 지부장 아저씨!"

"~~아우우우우우우우우~~!"

붉던 눈빛이 사라진 좀비 드래곤의 위에서 포효하는 은랑과 나에게 다가와서 잡았다고 자랑하는 성아였다.

하지만 그 분위기와 다르게 세연은 금세 나에게 뛰어왔고, 경학 할배는 주변에 다른 위험 요소 없나 확인하고 있었다. 엘로이스 씨도 이제 몬스터가 쓰러져 안심했는지 내 상태를 보러 온다.

"괜찮으십니까? 주인님."

"아저씨? 괜찮아? 안 아파? 아저씨, 미안."

"뭐? 물약 먹었어."

세연이는 투구를 벗고 딱 봐도 걱정스럽다는 눈빛으로 내 손을 잡으려 한다. 하지만 지금 손 쪽도 강산 때문에 피부가 녹아서 아프기에 그것을 감추기 위해 세연의 손을 피하고는 아무렇지 않다는 듯 일어난다.

"아… 아저씨."

'나도 이러고 싶어서 이런 게 아니야.'

크윽! 그런 눈으로 바라보지 좀 마라.

내가 손을 피하자 세연의 눈빛이 순간 우울해진다. 하지만 알면서도 난 행여나 들킬까 봐 태연한 척 일어서서 성아를 바라보며 말한다.

"…자! 일단 잡았으면 성아야, 아이템 챙겨! 결산은 나가서 하자. 어휴! 이 지하 던전 오래 있기 싫지?"

"아! 네! 챙겨 올게요!"

휴, 이걸로 어떻게든 해결되었네. 으윽! 아직도 아프지만 난 꾹 참고 오벨리스크 쪽으로 향한다.

어쨌든 이걸로 오늘의 던전은 끝. 그리고 기둥을 부시자 포탈이 생성되고, 난 먼저 나간다. 아마, 이 갑옷 안은 엉망진창이겠지. 진통제 덕인지 견딜 만한 고통이라 다행히군.

"후~ 상쾌하다. 지하 던전은 짜증 난다니까……."

"그런 데를 오자고 한 게 지부장 아저씨잖아요!"

밖에 나오니, 폐허가 된 도시 전경이 우리를 반긴다. 이미 늦은 밤이어서 별빛과 달빛만이 우리를 비출 뿐이었지만 그 지하 통로 던전의 음침함과 갑갑함에 비하면 이 환경은 천국이리라.

"하나, 즐거웠다. 던전이 이렇게 즐거운 것이구나!"

"홀홀……."

안 그러면 한창 달성감에 젖어 있는 이 신입 적합자들의 희망을 부수는 게 되어 버릴 테니 말이다. 더불어 세연이라던가 다른 이들의 사기도 꺾을 수 없고.

세연이는 여전히 걱정스러운지 나에게 다가와서 묻지만…

“아저씨, 괜찮아? 갑옷 안 벗어?”

“머리카락 다 녹았어, 멍청아! 안 벗을 거야! 으아아! 너 땜에 내가 가발 사야 하잖아!”

“난 대머리인 아저씨라도 받아들일 수 있어.”

“난 싫어! 대머리 싫다고! 당분간 모자를 쓰던가 해야지!”

“야한 거 많이 보면 빨리 난다는데…….”

“일없어!”

이 녀석이 이런 실없는 소리를 하는 걸 보면 다행히 잘 넘어간 거 같았다.

그리고 크리스털로 돌아갈 준비를 하려는데 내 그림자 뒤에서 누군가가 튀어나온다. 검은 후드 차림에 허리에 소태도 2자루를 맨 데몬 블레이드 배상진이었다. 이 녀석도 이제 제대로 된 계약을 맺어서 드래고닉 레기온 한국 지부의 일원이었다.

“헤이, 형님! 수고했어요. 아, 지루해서 죽는 줄 알았네.”

“따라붙는 스캐빈저나 그런 건?”

“음~ 두 셋 있었는데 다 ‘처리’했어요.”

“레벨 보이게 사진 찍었으면 보고서랑 올려. 수당 챙겨 줄 테니까…….”

“A-yo! 크, 역시 정규직이 좋네! 할머니랑 할아버지도 드래고닉 레기온이라고 외국계 대기업 같은 거라니까 신나 하던데요? 이제 집에서 게임해도 뭐라 안 해요!”

“닥치고 크리스털이나 써. 돌아간다.”

그렇게 1팀 7명 전원, 크리스털을 써서 길드 지부로 귀환했다.

✧ ✧ ✧

그저께 드디어 완공된 우리 지부! 새로운 내 집!

현재 신서울에서 가장 땅값이 비싼 1번 구역의 한가운데에 자리 잡은 건물! 평수 150평으로 된 지하 2층, 지상 3층 초호화스러운 건물이었다.

난 처음에 지크프리트 씨에게 이 건물의 규격을 들었을 때 기가 막혀 죽는 줄 알았다.

‘아니, 땅값만 해도 이게 도대체 얼만데 여기다가 이런 걸…….’

[아, 블리자드 스톰 마법서 팔렸습니다. 프랑스의 국립 마법 길드인 르네상스(renaissance)에 팔았습니다. 하하하, 생각도 않은 수입이고, 어쨌든 한국에서 얻은 데다가 실제

미스터 아이언이 혼자서 잡은 거나 마찬가지니, 거기에 모두 재투자했습니다.]

회상을 멈추고, 크리스털의 빛이 사라지자 나타난 것은 바로 드래고닉 레기온 한국 지부 건물에 마련된 귀환실이었다.

크! 좋구나! 아직도 새 건물 냄새가 남아 있는 이곳이 바로 내 새로운 일터였다.

드래고닉 레기온 한국 지부의 1층은 보통 사무를 보는 사무실과 대기실, 통신실이 배치되어 있고, 2층은 식당과 매점의 자재 창고였다. 3층은 기숙사로, 어떻게 보면 일터와 숙소가 공존된 곳이었지만 적합자의 가장 중요한 덕목은 바로 안전이었기에 저레벨인 신입들을 보호하기 위해서는 이런 것도 나쁘지 않았다.

무엇보다도…

'사람이 적어서 업무량도 적으니까 상관없지. 그보다 난 빨리 나가야겠네.'

"자, 다들 돌아왔으니 샤워하고, 옷 갈아입고 정리 시작합시다. 성아는 아이템만 반납하고 개인 볼일 봐. 공학계는 메인터넌스가 중요하니까! 그리고 세연이랑 성학 할배는 오늘의 경험을 토대로 앞으로도 열심히 해 주시고, 오늘 보고서 써 주세요. 그럼 전 응급처치 할 테니까 따라오지 마세요.”

빠르고 간결하게 종결 브리핑을 마친 뒤, 따라오지 못하게 다른 일을 맡겨 두고 혼자 뛰쳐나온다. 아, 어지러워. 피를 너무 흘려서 그런가? 미쳐 버리겠네. 빨리…….

난 곧장 2팀의 팀장인 아머드 나이트 정상연에게 전화한다. 2팀도 오늘 던전에 보냈는데 복귀했나 싶어서였는데… 지금은 전화를 받을 수 없으니, 라는 여성의 목소리가 들린다. 이런 옘병…….

‘아오! 거기 메디컬라이저한테 재생 치료 받으면 되는데! 일단 의료실에 가서 혼자 붕대라도 감아야…….’

무엇보다도 길드원에게 받는 거라 공짜니까 찾는 건데, 아직 던전에서 복귀 안 했으면 어쩔 수 없다. 상처가 더 심해지지 않도록 붕대라도 감아야지.

의무실에 들어간 나는 서랍을 열어 진통제 하나를 더 꺼내 주사한다. 상처를 혼자서 치료하는 동안 더 아파서 비명이라도 지르면 곤란했으니 말이다.

“후우… 후우… 으가악!”

투두두둑…….

졸라, 아파! 인벤토리를 열어서 양팔의 장갑부터 뺀다. 으으, 장난 아니네. 피부가 녹아서 안에 살과 피가 흐르는 게 보인다. 이거 어디부터 손을 대야 하나 난감한데?

그나저나 나 이런 상처 입고도 정상적으로 움직이고 할

수 있다는 거부터가 신기하구만.

이미 피가 말라서 더 이상 큰 출혈은 일어나지 않았지만 그래도 빨리 이걸 가리고, 크로니클 가서 재생 치료 받아야지.

"보자, 붕대, 붕대… 아따따따!"

드르륵…….

그때, 문 여는 소리와 함께 엘로이스 씨가 들어온다.

메이드복에 플래티넘 블론드의 미녀는 말없이 다가와 내가 혼자서 메려던 붕대를 뺏어서 정성스럽게 감아 주기 시작한다. 제길, 문 잠그는 거 깜빡했네.

"너, 내가 시킨 일은?"

"주인님의 몸이 먼저입니다."

"아니, 내 말을……."

"자, 끝났습니다. 다른 부위를 벗어 주세요."

빠, 빨라? 뭐야, 이 메이드? 이야기 나누는 사이에 내 양팔은 붕대가 알맞게 감겨 있었다.

어이가 없어서 쳐다보는데 내 궁금증을 눈치챘는지 그녀가 새 붕대를 꺼내면서 말한다.

"저 이래 봬도 의사 자격증도 가지고 있습니다."

"힐러 때 공부한 거냐?"

"아뇨. 메이드 때 익힌 겁니다."

메이드란 도대체 뭘 하는 직업이기에?

어쨌든 난 상의, 하의, 신발 순서로 하나씩 벗어 가며 상처를 바라본다. 가장 심한 건 등 쪽이었는데, 말로 형언할 수 없을 만큼 참혹해서 무표정한 엘로이스 씨도 표정을 찡그리며 말할 정도였다.

"세상에… 이런 상처를 입고 어떻게 그렇게 태연히 있을 수 있나요?"

"있으면 덧나냐? 네가 생존기만 처넣었어도 안 날 상처거든?"

"정말 죄송하게 생각합니다. 나중에 꼭 벌을 받겠습니다."

"아, 아니, 그렇다고 벌을 주겠다는 건 아니고… 근데 어떻게 눈치챘냐?"

나름 진통제까지 씹으면서 열연을 펼친 건데 속질 않다니. 세연이가 속을 정도이니 상당히 잘했다고 생각했는데 말이야.

"본 적 있습니다."

"뭘?"

"좀비 드래곤의 브레스에 맞은 사람을 말이죠. 두 발로 멀쩡히 서 있던 사람이… 한순간에 핏물 덩어리가 되어 버리더군요. 주인님께선 살아 나오셨긴 했지만 그래도 보통 사람 이상의 상처를 입을 거라고 생각했습니다."

과연, 72레벨은 그냥 찍는 게 아니지. 그래, 엘로이스 씨는 특히 퇴마 관련 스킬이 출중한 크루세이더라서 보나마나 악마, 언데드, 고스트 타입의 몬스터가 나오는 던전을 특히나 많이 돌아봤을 것이다. 아마 나보다도 훨씬 많이 말이다.

아, 이제 투구를 벗어야 하는데…….

"…저기, 얼굴은 내가 스스로 할게. 고마우니까 이제 나가 줘. 아마 엄청 흉할 테니까……."

이마 부분까지 시큰한 걸 봐서는 제대로 녹아 버렸을 것이다. 후우~ 과학실에서 보는 인체 해부도 모형보다도 징그러울 테지.

쓥, 난 그렇게 말했지만… 이 메이드는 날 안심시키려는 듯 살짝 미소를 지으며 날 바라본다.

"괜찮습니다. 의사 자격 따고, 힐러 일 하면서 상처라든가 많이 봤습니다."

"…뭐, 그렇다면야. 후우~"

인터페이스를 열어서 투구를 해제한다.

갑작스럽게 공기에 노출이 돼서일까? 얼굴의 상처가 더욱 쓰라리게 느껴진다.

"아읍! 씨바아아… 그으윽!"

비명을 지르지 않기 위해 내 손을 꽉 물어서 소리를 죽인다.

여기까지 연기 잘했는데! 여기서! 무로 돌릴 순 없어.

"주인님, 괜찮으세요?"

"아으윽! 진통제 하나 더!"

"오늘 몇 개나 맞으신 거예요?"

"이제 4개째밖에 안 돼! 으으윽! 빨리! 이런 걸… 이런 꼬라지를! 세연이랑 다른 애들에게 보여 줄 수 없어!"

"알았어요. 알았으니 가만히… 조금만 참으세요. 그리고 진통제는 이제 안 됩니다."

"이 씨발년! 아파 죽겠다니까!"

하아… 하아! 어? 내가 고통에 버둥거리는 사이, 잽싸게 붕대를 감아 버리는 엘로이스 씨였다. 이 메이드씨 참 능숙하군.

피부의 따끔거림이 줄어드니 좀 살 거 같은 나는 기력이 빠져 널브러진 채 숨을 내쉬고 있었다.

"자요. 여기 포션 드세요."

"체력은… 만땅이야."

"그래도 드시는 게 좋아요. 갈증도 해소되고, 육체의 반응이란 또 다르거든요."

"그렇군. 꿀꺽… 꿀꺽……."

과연, 의사 선생님 말은 들어야지. 일단 마시니 청량감이 느껴지고, 확실히 몸에 올라 있던 열이 식는 느낌이 들고, 기분이 나아진다. 휴우… 이제 좀 살겠군.

"그 붕대는 감았지만……."

"알아. 가서 재생 치유받아야지. 괜히 법인카드나 여기 영수증으로 끊다가는 들킬 거 뻔하니, 내 사비로 치료할 거야. 이런 제길 던전을 갔는데 돈만 쓰고 나오네. 개 같은 탱커 인생. 아, 엘로이스 씨, 운전되죠?"

"예. 세발자전거에서부터 핵잠수함, 탱크, 군함, 전투 헬기까지 다 몰 수 있습니다."

…아니, 그런 건 필요 없고, 그냥 운전되냐고? 이 메이드 오버하네. 아니면 자신의 우수함을 강조하려는 것인지도 모른다.

휴우, 일단은 얼렁 가자. 조금이라도 빨리 가야 치료 시간이 줄어드니 말이지.

난 세연이가 보지 않게 잽싸게 지부 건물을 튀어나와 차에 탄다.

"휴우… 세연이 안 봤지?"

"예. 애초에 그녀는 보고서에 각종 사무 업무가 있어서 나오지 못할 겁니다."

"그럼 됐어. 휴우……."

난 이제야 안심을 하고 차 뒤에 몸을 맡긴다. 아오, 씨발……! 졸라 아파! 등 쪽으로 못 눕겠네. 좀 추하지만 난 차의 뒷좌석 쪽으로 가서 엎드린 자세로 있었다.

"휴우… 크로니클 얼마나 걸리지?"

"한 15분 정도입니다. 그런데 주인님, 꼭 그럴 필요가 있었습니까?"

"그럼, 그걸 죽게 놔둘까?"

"아뇨. 상처 입은 사실 말입니다. 굳이 그렇게 비밀로 할 거까진……."

아, 세연이 일이 아니군. 내 상처를 감추는 거 말인가? 하긴, 이렇게까지 유난 떨고 할 일은 아니지.

"일에는 그 뭐야. 첫인상이라는 게 있어. 오늘 첫 일을 받은 애새끼들이 이런 꼬라지를 본다고 생각해 봐. 적합자 일 포함해서 하고 싶겠냐? 처음이 중요한 거야. 어떤 개 같은 기업이라도 처음에는 배려하잖아? 그리고 나로 인한 죄책감을 지게 둘 순 없어. 그러면 위축될 테니까. 아, 너 예외야. 72레벨 되도록 생존기 안 줘 봤을 리가 없잖아!"

"후훗… 예. 어떤 벌이든 달게 받겠습니다, 마이 로드……."

마지막 단어, 뭔가 이상한데? 이 영국산 메이드, 내 뒷담화 까는 거 아니야? 등 쪽 아파서 지금 엎드린 자세로 있다고 예의 없다고 하거나 그런 거 아니지? 아이고, 아파. 아프다아~!

그래도 엘로이스 씨가 있어서 다행히군. 마스터 지크프리트에게 감사해야겠다. 아니지, 애초에 이 메이드 양반이 멋지게 생존기 넣었으면 이럴 일도 없었는데. 젠장할!

'에휴… 그만하자. 이미 지난 거 집착해 봐야 쫌생이 소리밖에 안 듣지. 아, 근데 잠 오네.'

“가면 재생 치유에 맡겨 드릴 테니 눈 붙이셔도 됩니다. 원래 잠이란 생물의 몸을 재생하는 복구 모드 같은 거니까요.”

페이즈 7-3

어색함

드래고닉 레기온 2팀.

'아머드 나이트'의 소년, 정상연을 필두로 한 공학계 위주로 설정된 팀.

보통 기업에 많이 들어가서 적합자의 삶과 떨어져 있다고 생각할 수 있지만 이들도 엄연히 적합자였다.

2팀의 멤버 구성을 살펴보면 이렇다.

메인 탱커 – 머라우더 (Lv.43 아머드 나이트)
서브 탱커 – 레저스 (Lv.46 다크 나이트)
근접 딜러 – 엑시아 (Lv.23 블레이드 라이저)

원거리 딜러 – 서든아이디랑뚝 (Lv.31 거너)
원거리 딜러 – 一擊必中 (Lv.22 플라즈마 런처)
힐러 – 내이름은블랙잭 (Lv.24 메디컬라이저)

그리고 이 파티에서 유일하게 공학계가 아닌 백진서(레저스)는 새로운 지부에서 새로운 동료들과 자신의 스킬과 특성을 완전히 파악하고 난 다음이라 내심 기대하고 있었다. 하지만 왠지 뭐라고 해야 하나? 그가 느끼는 이 던전팀의 분위기는…

“이야, 저격 솜씨 완전 멋지던데요?”

“에이, 플처 님도 딜량 좋던데요, 뭘. 오늘 공학계 클래스에 대한 선입견이 바뀌네요.”

“예. 중거리 화력 겸으로 미니건 타입으로 들고 있어요. 크, 그 저격총 헤카리우스-Mk213인가요?”

“이번에 여기 들어오니 맞춰 주더라구요. 크리티컬 상승 옵션이랑 적중률 상승 옵션이 다 붙은 영웅 등급이라 죽이네요.”

전혀 못 알아먹을 소리를 하며 화기애애한 원거리 딜러진.

두 사람 다 복장은 검은색 전투복에 스코프, 선글라스를 착용하고, 탄띠에 전투화를 신은 어디 특수부대원 같은 모습이었다.

밀덕후 같은 둘의 모습에 적응 안 되는 진서는 고개를 돌려 다른 쪽을 본다.

"흠, 이 부품의 알루미늄 함량을 올리는 게 좋을까? 좀 더 경량화를 해서 민첩성을 올리고 싶은데……."

"비싼 금속은 좀 적당히 써요, 좀! 아무리 길드에서 지원해 준다고 해도 필요 이상으로 자재비 올리면! 암만 레벨업이 중요한 팀이라지만 저레벨 장비 만드는 데 비싼 금속 쓰면 그만큼 던전 성과에 부담이 커지잖아요. 팀장님도 좀! 뭐라고 좀 해 줘요!"

"저도 크롬 함량 좀 올리려고 합니다만? 그러는 '내이름은블랙잭' 님도 시약과 수술 도구를 독일산으로 요청을 하셨던데? 남발할 처지는 아닌 걸로 압니다만?"

2~3미터의 기계 거인들이 자기들끼리 모여서 뭐라뭐라 이야기하고 있는데… 알아먹질 못하겠다. 어쨌든 메카닉 셋(아머드 나이트, 블레이드 라이저, 메디컬라이저), 군인 둘(거너, 플라즈마 런처) 속에 있으니 다크 나이트인 자신이 느끼는 이질감은 엄청 크다.

'하아~ 나 여기서 잘해 나갈 수 있을까?'

인터페이스를 보며 자신의 스킬을 확인하는 진서는 한숨을 내쉰다.

자신은 검회색의 갑주에 등에 긴 창을 맨 상태. 암만 봐도 중세 기사 같은 모습이다. 이 파티 구성에서 정말 이질적이라고 해야 하나? 게다가 하필 온 던전도 미래형 황야 던전이었다.

몬스터가 죄다 기계로 된 드론류 거나 반쯤 기계로 덮인 기계 인간들이었다.

이들은 블래스터로 원거리 공격을 하거나, 빔 소드로 방어 무시 공격을 하는 놈들이라서 더욱 난이도가 높았지만, 이곳 던전의 레벨은 22로 46 레벨인 진서가 탱킹하기는 쉬운 축에 속한 곳이었다.

'레벨 차이가 있어서 망정이지.'

"레저스 님?"

"아! 예."

"슬슬 다시 출발하죠. 앞으로 몇 시간이면 밤이 올 테니 그때까지 보스 몬스터나 오벨리스크가 있는 데가 안 보이면 야영하도록 하겠습니다."

쿵… 쿵…….

그렇게 말을 하고 먼저 움직이는 아머드 나이트.

진서는 한숨을 내쉬며 다시 투구를 쓰고 일어선다. 그가 지금 착용하고 있는 것은 40렙제 영웅 아이템인 혼돈의 폭풍 세트와 45렙제 희귀 등급 무기인 폭룡 어금니의 창이었다.

레벨 제한에 맞는 우수한 아이템을 찬 다크 나이트의 능력치는 충격과 공포지만, 그의 클래스가 성가신 게 무엇인가 하면 바로 포지션 시프트. 딜러의 자리와 탱커의 자리를 넘나들 수 있는 직업이기에…….

〈다크 나이트〉
레벨 : 46
근력 : SS+(184)
민첩 : S+(92)
마력 : SS+(184)
지력: B+(40)
체력: 45,331

〈카오스 나이트〉
레벨 : 46
근력 : SS-(138)
민첩 : A+(46)
마력 : SS+(184)
지력 : B+(40)
체력 : 83,321

넘나들 수 있는 두 포지션의 능력치는 완전히 달랐다.

다른 능력치야 그렇다 쳐도 체력은 어떻게 변하냐면? 퍼센테이지 기준으로 넘어가는 것을 확인했다. 두 포지션을 넘나들면서 딜과 힐의 역할을 할 수 있지만 단점이 존재했다.

〈패시브-혼돈 강림〉
탱킹에 특화된 카오스 나이트로 변합니다. 전투 시간 5분이 지나면 자동으로 다크 나이트로 변합니다.

〈패시브-어둠 강림〉
딜링에 특화된 다크 나이트로 변합니다. 전투 시간 5분이 지나면 자동으로 카오스 나이트로 변합니다.

전투 시간 5분이 지나면 칼같이 자동으로 변해 버리기 때문에 항상 지속 시간 확인은 기본에, 2개의 포지션이 쓰는 스킬과 역할을 다 외우고 있어야 하니까 어쩌면 단일 포지션 보다 빡빡한 클래스라고 볼 수 있었다.

진서는 드디어 자신의 클래스의 비밀을 알아서 기쁘긴 한데, 알고 보니 너무 복잡해서 전투도 힘들었다.

[피가 흐르는 자, 배제한다. 배제한다.]

"에라이! 깡통아!"

카아앙!

통조림처럼 생긴 드론을 창으로 탱킹하는 진서.

이상하게도 이놈들 분명 기계일 텐데 엄연히 판타지계인 카오스 나이트의 기술과 도발기가 먹혀들어 간다는 게 신기할 따름이었다.

기계라면 합리적으로 판단해서 딜이 높은 딜러부터 잘라야 하는 게 정상 아닌가? 생각하는 진서였지만!

'이런! 벌써 지속 시간이?'

태앵!

포지션 변경의 시간이 돼서 상념을 떨친 진서는 창을 크게 휘둘러 드론을 밀어내고 아머드 나이트 쪽을 향해 외친다.

"저! 이제 곧 다크 나이트로 변하거든요! 얘 좀 떼어 주세요!"

"알았습니다. 〈액티브-도발〉!"

그리고 몇 초 뒤 진서의 몸에 검은 기운이 휘감기더니 갑옷의 모양이 변한다. 해골과 사람의 얼굴 모양이 일그러진 것들이 박혀 있는 혼돈의 기사에서 새까만 칠흑의 갑주를 입고 검은 망토를 휘날리는 다크 나이트로 변신한 것이다.

그리고 자동으로 전환되자마자 60초간 혼돈의 군주 버프 덕에 1분간 모든 공격이 방어 무시가 되어 버리는 진서였다.

〈패시브-혼돈의 군주〉

사용자를 혼돈의 기운으로 감쌉니다. 받는 모든 적대적 마법 데미지를 감소시키며, 마력의 흐름을 혼돈의 영역으로 흘려보냄으로써 혼돈 스택을 쌓습니다. 혼돈 스택이 10중첩이 되면 다크 나이트에게 '군주의 위엄'이라는 버프가 추가됩니다. 군주의 위엄은 60초간 모든 공격을 방어력 무시 판정으로 만듭니다.

"〈액티브-암흑 검〉!"

[레저스 님이 하급 기계 드론에게 암흑 검으로 33,111 데미지를 입혔습니다.]

[배제한… 닮라라라라…….]

푸쉬이이이!

검은 어둠의 기운이 창날에 모여 마치 칼날처럼 변하고, 진서는 그것으로 드론의 옆구리를 찌른다. 고작 23레벨 몬스터라서 찔리니 한 번에 침묵해 버리는 드론이었다.

아머드 나이트가 도발하기 무섭게 자기가 처리해 버리니 난감한 진서였다.

어쨌든 위화감은 둘째 치고, 던전의 몬스터들은 잘 처리되고 있었다. 그 모습을 상연은 신기하게 바라보았다.

'흠, 딜과 탱커의 형태를 넘나드는 기사라. 보통 두 가지 포지션을 가진 클래스면 두 역할 다 원래 한 가지 클래스를 맡는 사람에 비해 약해야 정상인데, 오히려 1인분을 능가하고 있어. 아마 강제 변신이라는 페널티를 받은 걸로 상쇄했다는 건가?'

"어라, 한 방에 죽네. 아하하……."

'레벨 차가 있다곤 해도 한 방에 뚫어 버리네.'

'개쩐다.'

방금 도발해 간 몬스터를 일격에 처리하는 진서의 모습에 다른 이들도 깜짝 놀란다. 진서는 자신을 바라보는·시선이 묘해서 멋쩍은 듯 머리를 긁적인다.

이런 분위기는 비단 오늘 던전을 들어와서 처음 겪는 일이 아니다. 지금이 벌써 들어온 지 8시간. 지부 탄생 겸 팀워크를 맞추기 위해서 온 첫 던전인데, 갈수록 위화감만 커지는 느낌이었다.

[배제하라! 배제하라!]

[살아 있는 자는 없애라!]

"또 한 무리 오는군요. 가죠! 제가 때린 녀석부터 딜해 주십시오!"

"예써!"

"Sir! 커맨더!"

통조림 깡통 같은 기계들이 또 한 무리 달려온다.

미래형 던전이 사냥터로서 좋냐 하면? 정확히는 공학계에게 천국인 던전이다.

일반 장비류를 일제 드롭 안 하고, 공학계 소재, 조합식, 레어 메탈 등을 드롭하는 곳으로 자신을 제외한 모든 파티원들이 반기는 던전이었다.

"레저스 님! 카오스 나이트 변신 얼마나 남았습니까?"

"아! 이제 3분 정도요."

"그럼 다크 나이트로 저 무리는 극딜합시다."

"예!"

타앙! 퍼엉! 파지지지직!

블레이드 라이저는 이 던전의 상성에 맞춰서 만들어 낸 전기 충격검을 휘둘러 드론들을 상대한다.

기계 몬스터고, 엄연히 전자 기기인지라 고압 전류가 흐르는 검을 찔러 넣자 내부가 금세 망가져서 빠르게 드론들의 HP가 까진다.

스나이퍼 트리를 탄 거너는 각 드론들의 시각을 담당하는 렌즈 부분을 정확히 쏴서 상태 이상을 유발했고, 플라즈마 런처도 전격탄을 주로 사용해서 쇼크 상태 이상을 부른다.

탱커인 아머드 나이트도 양산형 묠니르라는 뇌전 속성의 워 해머로 신나게 때려 부수니, 이건 거의 던전이라기보다는 다른 느낌이 든다.

'폐품 처리장 같다고 말하면 공학계에 대한 실례겠지? 하

하하. 갑옷이라서 얼굴이 가려지니 다행히다.'

"음? 레저스 님, 루팅하셔야죠."

"아, 저기, 저는 공학계가 아니니까……."

"맞다. 그러면 이거 바깥의 외부 프레임만 뜯어서 저희 주세요."

미래형 던전의 경우, 이렇게 잡은 몬스터, 드론의 몸통을 열어서 내부에 있는 동력원인 코어와 레어 메탈로 된 부품 등을 뜯어서 갈무리해야 한다.

공학계 직업들은 스킬에 그런 걸 판별할 수 있는 게 붙어 있어서 미래형 던전에 갈 때는 공학계를 꼭 데리고 가야 한다.

"이야~ 공학계끼리 모여 있으니 갈무리가 금방 끝나서 좋네요."

"그러게 말이에요. 맨날 일반 길드 가면 막 드론이나 기계 인간들 갈무리만 하다가 시간 다 간다니까요."

"저 같은 경우 힐러라서 힐도 해야 하는데, 막 산더미처럼 몬스터 시체 쌓아 둔 거 보면 어휴~ 답답했는데."

'왠지 진짜 나만 왕따 되는 느낌이다.'

진서 이외에도 거너 또한 공학계가 아니지만, 같은 원거리 딜러라고 플라즈마 런처랑 잘 어울리고 있었다.

그러면 진서도 같은 탱커와 어울리면 되는가 싶지만, 저 아머드 나이트 안에 있는 소년은 왠지 건방지고 자신과 종자체가 다르다고 해야 하나? 뭐라 말을 걸기도 뭣했지만 그래도 탱커 간의 교류라고 생각하고 말을 걸려고 했으나 결과는 참혹했다.

"둘 다 알 만큼 던전 생활은 해 봤으니 기본적인 건 아실 테고, 포지션 시프트라는 특성은 알고 있으니 제가 맞춰 드리겠습니다. 호흡만 보면 되고, 저레벨 던전이라 큰 위기도 없을 테니 말입니다."

탱커끼리로서의 모든 대화 요소를 끊어 버리는 아머드 나이트 정상연이었다.

매우 사무적인 태도로 진서를 맞이하고, 지금도 이 던전을 8시간째 도는데 나눈 대화로는 도발해 달라는 의사표현이 다였다.

이렇게 드론들을 갈무리하는 동안 점점 날은 저물어 갔고, 슬슬 야영할 장소를 찾아야 하나 고민인 2팀 일행이었다.

탱커이자 파티장인 아머드 나이트 정상연이 일행에게 의사를 묻는다.

"흠… 패스파인더 분이 조사한 자료로는 약 1시간 정도만 더 가면 오벨리스크가 있는 보스 몬스터의 마을이 있다고 하는데……."

"그럼 가서 깨고 지부에서 쉬죠."

"맞습니다. 던전에서 야영은 좀 거지 같으니 저녁 근무 좀 하는 게 낫죠."

"길드 시설 좀 제대로 이용하고 싶습니다아!"

만장일치로, 빠르게 깨고 돌아가서 쉬자는 의견이었다.

어차피 우수한 장비, 압도적인 레벨 차이를 기반으로 널널하게 들어온 곳이다. 그런 만큼 아직 정신적 스트레스도 거의 없고, 한시라도 빨리 깨고 나가서 쉬는 것을 목표로 잡은 2팀은 다시 나아가기 시작한다.

저녁노을이 지는 황야는 아름다우면서도 서정적인 분위기였는데, 앞서서 걷고 있는 진서에게 상연이 말을 건다.

"그런데 레저스 님."

"아! 예?"

"그럼 앞으로도 그 상태를 통제 못하는 겁니까?"

"아, 아뇨. 그건 아닌 거 같아요. 지금 개방된 스킬에 〈패시브-마왕의 혼〉이라고 생겼거든요. 이게 해석하니까 카오스 나이트 때 다크 나이트 스킬을 쓴다거나, 다크 나이트 때 카오스 나이트 스킬을 쓰게 해 주는 패시브인데, 이런 걸 보면 장래엔 딜과 탱이 지금보다도 더 유연하게 될 거 같아요."

즉, 탱커 상태에서 딜러의 주 기술을 쓸 수 있고, 딜러 상태에서 탱커의 생존기를 쓸 수 있다는 것이다.

점점 레벨 업하고 성장하면서 둘로 나뉜 콘셉트를 유연하게 해 주는 것이 다크 나이트의 성장 방향이라는 소리였다.

진서의 설명에 상연은 고개를 끄덕이며 생각한다.

'후, 역시 레어 클래스의 포텐셜인가? 일반 클래스와는 확실히 다르군. 지부장의 저거노트도 그렇고, 세연 누님의 데

스 나이트, 이 길드의 적합자는 전체 12명인데 레어 클래스가 셋이나 있다니 쓸데없이 호화롭네.'

정확히는 아틸러라이저까지 4명이지만, 그걸 모르는 정상연으로서는 셋만 있다고 생각할 수밖에 없었다.

레어 클래스.

특정한 조건에 따른 위업을 따야만 가질 수 있는 이른바 히든 직업이다.

더불어 이들은 세계에 각각 1명씩밖에 없는 클래스로, 특수한 능력 같은 걸 지니고 있다고 한다. 물론 말이 레어지, 그 종류는 엄청 많아서 전 세계에 수백 명씩은 존재하는지라 크게 희귀해 보이지는 않는다는 게 또 다른 함정이다.

왠지 가슴속에서 질투 비슷한 감정이 올라오는 정상연이었다.

'후우~ 저거노트도 버프를 받고 레이드 몬스터를 솔플할 정도였으니 이 다크 나이트도 아마 성장하면 그 정도 포텐셜이 있으려나? 누군 죽자 사자 해도 안 되는데 말이지.'

'왜 갑자기 레어 클레스에 관한 걸 물어볼까? 역시 레어 클래스 주제에 양념 반 후라이드 반 같은 놈이라서 거치적거린다고 여기는 건가? 46레벨인데 남들은 2~3개씩 가진 탱커 생존기라던가, 딜링 증폭 기술이 1개씩뿐이라서 신중해야 하는 판인데 말이야.'

다크&카오스 나이트에게는 명확한 단점이 존재하고 있

었다.

차라리 데스 나이트처럼 처음부터 딜탱으로 설계가 되어서 스킬을 찍으면 같이 올라가도록 제작되어 있으면 편할 것이다. 하지만 강제로 포지션이 바뀌는 다크&카오스 나이트의 특성상 남들이 찍을 수 있는 거보다 딜 스킬도, 탱 스킬도 절반밖에 못 찍는 단점이 존재한다.

즉, 46레벨의 탱커는 보통 2~3개씩 생존기를 가지고 살아남는다면, 마찬가지로 딜러는 딜링 증폭 스킬을 2~3개 가져서 확실한 딜링 찬스에 폭딜을 뽑아낼 수 있다. 하나, 그는 1개씩밖에 가지지 못한 것이다.

〈액티브-마왕 강림〉
어둠의 마왕을 강림시켜 크리티컬 확률을 100%로 고정하고, 모든 암흑 속성 공격을 방어 무시로 만듭니다(혼돈의 군주가 걸려 있을 시에는 모든 공격 추가 데미지 100%). 쿨 다운 45분.

〈액티브-혼세의 무용〉
카오스 나이트 상태에서 체력이 깎이지 않고, 죽지 않습니다. 쿨 다운 15분.

'물론 1개씩 가진 거치고는 스펙이 좋긴 하지만… 그만큼 유연성이 엄청 떨어진다는 거지.'

즉, 2개의 포지션을 가졌지만 사용할 수 있는 스킬 포인트는 남들과 같다(46개).

그에 대한 반등으로 각 포지션의 스킬들의 성능의 효율은 훨씬 좋았지만 유연성이 부족한 틈을 팀원들이 메워 준다면 딜은 딜대로, 탱은 탱대로 큰 효율을 볼 수 있을 것이다. 하지만 이건 즉, 팀원들이 다크 나이트를 위해서 호흡을 맞춰 줘야 가능한 일이다.

"하아… 드디어, 오벨리스크의 빛기둥이다."

"근데 이미 날이 저물어 버렸군요. 1시간이라더니, 1시간은 더 가야 하네요."

황야의 언덕을 하나 넘자. 저 멀리 드디어 하늘로 솟는 푸른 빛기둥의 모습이 희미하게 보인다.

던전 입장 후 9시간째, 드디어 보스 몬스터가 있는 곳까지 오게 되었다.

날이 점점 어두워졌지만 다크 나이트인 진서는 클래스 특성상 어두운 곳에서도 밝게 볼 수 있었고, 다른 클래스들은 어땠냐면?

"야간 시야 모드×3(아머드 나이트, 블레이드 라이저, 메디컬라이저)."

"아, 야시경 써야겠네요."

"이거 자국 남으면 머리카락도 망가지고 짜증 나는데에~ 어라? 레저스 님은 밤에 어떻게 보려고요?"

"저는 다크 나이트라서 어둠의 기사다 보니, 그냥 보여요. 아하하하."

공학계답게 메카닉 갑주를 입은 클래스는 각자 야시경 모드로 바꾸면 그만이었고, 다른 둘은 인벤토리에서 야시경을 꺼내서 쓴다. 착용감이 안 좋다고 투덜거리긴 하지만 어쨌든 목숨을 잃는 것보단 나으니까. 밤이라고 몬스터들이 활동 안 하는 게 아니기 때문이다.

그렇게 오벨리스크로 향해 걷고 있었는데 묘한 소리가 들린다.

[삐리삐리 제거! 제거!]

[최심부로 들어오는 침입자 발견. 제거하라. 제거하라.]

[살아 있는 자는 죽여라.]

[모든 것은 마더컴의 명령, 죽여라. 죽여라.]

쿠구구구…….

땅에서 기계 인간들이 일어서면서 붉은 안광을 비추고 있었다.

황야의 모래가 밤바람에 흩어지며, 수십 개의 드론과 기계 인간들이 일제히 일어나 파티원들을 포위한다. 완전 엿 같은 상황이었다.

"하아~ 이런 제기랄~! 아, 그러니까 금속 탐지기 연구 끝내고 오자 했잖아요."

"레벨 업을 해야 찍는데 누굴 탓합니까?"

"파장님도 안 찍은 게 저한테 있을 리가?"

"휴우~ 이래서야 오늘 안에 깰 수 있을지? 제기랄!"

"전방은 제가 맡겠습니다. 후방을 레저스 님이 맡아 주십시오."

터엉! 파지지직! 타앙! 푸슝! 타다다다다!

그리고 수십의 기계 인간과 드론들이 일제히 달려들어 황야는 순식간에 전쟁터로 변한다.

진형은 우선 힐러인 메디컬라이저를 가운데에 두고, 원거리 딜러가 감싸고, 전방을 아머드 나이트가! 후방을 다크 나이트와 근접 딜러 블레이드 라이저가 달려가서 싸우기 시작한다.

드론들의 총탄 소리와 기계 몬스터들의 공격, 거기에 대응하는 뇌전 속성이 달린 무기로 공격하는 소리와 블래스터와 총탄 소리가 아우러져 마치 미래의 SF 전쟁을 보는 거 같았다.

그리고 각 파티원들은 상황이 안 좋다고 생각했는지 각자 딜링 증폭기 및 쿨 다운이 긴 궁극기들을 사용하기 시작했다.

"〈액티브-특제 탄환 장전! 설명 : 일정 발수 탄환을 강화합니다. 시전 후 10발의 탄환의 데미지가 400% 증가됩니다. 쿨 다운 1시간〉."

스나이퍼 특성상 한 발, 한 발 폭딜을 넣어 하나씩 눕힐 작정. 쿨 다운 1시간짜리 귀한 기술을 결국 꺼낸 것이다.

"〈액티브-블래스터 터렛 소환! 설명 : 방어 경비를 해 주는 무인 광자 터렛을 3기 소환합니다. 쿨 다운 1시간〉."

쿵! 쿵! 쿵! 지이이이이잉!

허공에 차원의 문이 열리고, 블래스터 터렛이 땅에 고정되어 사격을 시작한다.

화력 중시이자 플라즈마 런처가 쓸 수 있는 20레벨의 화력 지원 기술이다.

"〈액티브-헤이스트 폼 설명 : 민첩이 1랭크씩 증가합니다. 지속 시간 5분. 끝나면 오버히트 디버프가 걸려 민첩 1랭크 다운이 걸립니다. 기본 쿨 다운 1시간〉!"

기이이이이잉!

블레이드 라이저의 부스터와 엔진이 붉게 타오르며, 이동 속도와 공격 속도가 엄청나게 증가하는 가속 기술. 근접 물리 딜러에게 어울리는 가속 기술로, 포위 상황을 해결하기 위해서 기꺼이 사용한다.

"〈액티브-마왕 강림〉!"

끼이웨에에에에에에!

그리고 그들을 따라서 지금은 딜러 포지션의 다크 나이트인 백진서 또한 질 수 없다는 듯 자신의 쿨기를 사용한다.

갑옷 안에 있는 눈이 붉어지고, 다크 나이트의 갑옷에서 검은 연기가 흘러넘쳐 나오는 동시에 무기도 새까맣게 물든다. 그리고 완전히 어둠 속에 동화해서 붉어진 눈빛밖에 안 보이는 다크 나이트도 적들과 싸우기 시작한다.

"〈액티브-저지먼트 폴(judgement Fall), 설명 : 암흑의 세상엔 정의가 땅에 떨어지리라.〉!"

콰아앙! 콰아아앙! 콰아아아아아!

다크 나이트의 광역기 〈액티브-마왕 강림〉과 어우러져 어두운 밤, 보이지도 않는 암흑의 파동에 그의 반경 10미터에 있는 드론과 기계 인간이 모두 터져 나간다.

크리티컬과 방어 무시 데미지의 압도적인 위력! 홀로 드론과 기계 인간 수십 기를 제압한 어둠의 기사는 계속해서 어둠 속을 나아가며 적들을 분쇄한다.

"와, 세상에 이걸 캐리하네."

"우리 필요 없는 거 아냐?"

"아~ 괜히 쿨기 올렸네."

"여러분도 46레벨쯤 돼서 쿨 다운 기술 쓰고, 광역기 터뜨리면 저 정도 그냥 됩니다. 레벨 차이를 생각하세요. 자자, 한눈팔지 말고 남은 놈들이나 처리하세요."

"하하하~ 기왕 위기인 거 빨리 처리하자 생각해서요."

타다다다다! 콰앙! 퍙!

단숨에 전세가 역전되고, 전방과 후방 중 한 축이 무너지자 여유가 생긴 2팀은 남은 드론과 기계 인간들을 하나씩 쓰러뜨린다.

다들 진서의 다크 나이트의 무용에 놀라고, 지금도 쓰러뜨리는 모습을 보며 감탄했지만 진서 본인은 신나게 딜하다가도 덜컥! 하고 변신 제약이 걸려서 탱커로 변한다.

"아, 시간 됐다. 파티장님, 그것들 제가 탱 교대할게요~"

"예. 그럼 전 잠시 빠져서 기술들의 쿨 다운과 체력을 채우도록 하겠습니다."

"예써! 〈액티브-타운트(Taunt)〉 '이 깡통 자식들아! 내 용물은 고등어냐?'(기계어)"

〈패시브-혼돈 강림〉으로 탱커 포지션으로 변화하자, 딜러용 버프가 사라지면서 갑옷의 모습이 바뀐다. 고통스러워하는 인간들의 얼굴이 박힌 갑옷으로 변하고, 공격이 위협 수치가 높아지기 시작한다.

빠르게 광역 도발을 걸고, 창으로 적들의 공격을 쳐내면서 능숙하게 탱킹한다. 그리고 후방으로 빠진 아머드 나이트는 메디컬라이저에게 수리를 받고 있었다.

"이야! 공학계끼리니까 그냥 수리 스킬만 돌려도 돼서 좋네요. 스킬이라던가, 마력 사용 없이 경험치도 차고, 이거 노가다해도 되겠는데요?"

"몬스터 풀어서 제가 맞으면 수리 돌리는 식으로요?"

"옛날에 그런 RPG 게임 많았잖습니까? 탱커 세워 두고 무한으로 맞고, 수리 돌리고 하면서 경험치 노가다할 수 있던 거 말이죠. 나중에 몬스터 몇 마리 잡아 가서 해 볼까요?"

"그렇게 실전 경험 없이 레벨만 올려 봐야 나중에 그랜드 퀘스트 같은 건 꿈도 못 꿀 겁니다."

'적합자'의 삶은 게임과 비슷하면서도 다르다.

단 한 번의 실수가 죽음으로 연계될 수 있기에 노가다로 허우대 같은 레벨을 올려 봐야 아무 소용이 없었다. 그러니 던전의 실전을 경험하는 건 필수나 다름이 없었다.

그렇게 메디컬라이저가 수리를 하는 동안, 카오스 나이트의 지속 시간 안에 남은 기계류들을 다 처리한 일행은 곧장 갈무리를 하기 시작했다.

"오! 파티장님, 〈영웅 소재-오리하르콘〉 나왔어요. 캬! 20그램이지만 이게 어디야!"

"와 개쩐다. 이거 20레벨 던전에서 거의 안 나오는 건데!"

"보자, 드론이 20개, 기계 인간 16개니까~ 휴, 진짜 이걸 혼자 갈무리할 생각하면 소름이 돋네."

"이 파티 구성 개 편한 듯. 도련님 덕에 저희가 편하네요. 하하하."

"이 사람아! 던전에선 파티장님이지. 혹은 팀장님이라고 하던가 말이야."

이 적합자들 모두 H프라이멀의 스폰서 기업에서 빼 온 사람들이다.

기업의 공학계 중에서 회사 일이 체질에 안 맞아서 괴로워하는 이들 중 센스와 재능을 가진 이들을 드래고닉 레기온으로 데려온 것.

당연히 세계 최고의 외국계 길드인 이곳 한국 지부에 오는 만큼 불만도 없었고, 대우도 좋았고, 무엇보다도 성과와 돈 버는 게 목적이 아닌 오로지 레벨 업과 던전 클리어의 효율만을 위해 집중하는 길드라서 큰 스트레스도 없었다.

"갈무리 끝냈습니다, 파티장님. 일단 쿨기 다 써서 그런데 휴식할까요?"

"예. 아무리 저레벨이라고는 해도 보스는 보스이니, 휴식합시다. 식사도 해 둘 수 있으면 해 두세요. 1시간가량은 못 움직일 테니 말입니다."

"예이~! 에잉~ 빨리 잡고 저녁밥을 따로 먹으려 했건만 이걸로 배 채워야겠구만~"

그리고 파티 전원은 사용한 기술의 쿨 다운을 기다리기 위해 일단 휴식 겸 저녁 식사를 한다.

메카닉으로 변해 있던 자들은 각자 투구를 열었고, 가지고 온 비상식량을 꺼내서 먹기 시작한다. 칼로리 조절용 음식과 물, 혹은 전투식량이었다.

진서 또한 투구를 벗고 황야의 밤바람을 쐬며 하늘을 바라본다.

'하아~ 빨리 보스잡고 돌아가서 애니 보고 싶다.'

휴대폰도 안 터지는 곳이라서 쉬는 동안 할 게 없는 진서는 멍하니 있을 뿐이었다.

다른 이들은 공학계끼리 클래스와 던전에 대한 이야기를 나누면서 보내고 있는데, 옆에 인기척이 들리더니 누군가가 다가온다.

"뭔 생각해요? 이거 받아요."

"아, 고맙습니다. 그냥 쉬고 있었어요."

진서에게 차가운 캔 커피를 던져 준 것은 블레이드 라이저인 〈코드 네임 : 엑시아〉였다.

본명은 서준하로, 국적은 분명 한국인이지만 약간 까무잡잡한 얼굴을 가진 중앙아시아 사람 같은 느낌이었다.

진서는 던져 준 커피를 받아 마시며 옆에 서 있는 2미터 정도의 메카닉 갑주를 걸친 자를 바라본다. 근접형이라서 그런지 아머드 나이트와 다르게 빠른 속도로 움직이게끔 날씬한 디자인을 하고 있었다.

"그러고 보니 아까 굉장하시던데……."

"레벨빨이죠, 뭐~ 제가 지금 46레벨이니까요."

"에이, 데미지 리포트를 좀 봤는데 딜도 꽤 잘하시고, 탱까지 되니, 역시 레어 클래스라고 해야 하나요? 드래고닉 레기온의 정규 기사답네요."

'사실 나도 들어온 지 얼마 안 되었는데.'

아무래도 이 블레이드 라이저는 진서를 드래고닉 레기온

의 정규 기사(Knight)로 알고 있는 거 같다.

그런 오해를 하는 것도 무리가 없는 게 드래곤 나이트(용기사)인 지크프리트뿐만 아니라 주요 길드 전투원들 대부분이 기승 스킬을 가지고 있는 기사 계열이라서 드래고닉 레기온하면 '기사단'이라는 이미지가 박혀 있는 것이리라.

물론 진서 또한 정규직이고, 한국 지부의 일원이 된 것은 맞지만 그래도 오해가 쌓이면 곤란했기에 정정하자고 생각한다.

"저, 저기, 그러니까 저도 여기 온 지 얼마 안 되었습니다. 원래 로직 게인 길드에서 있었는데……."

"로, 로직 게인? 그 L회사가 스폰하는? 그 망할 놈들?"

"아, 그런데 전 엄연히 거기서 뒤통수 맞고 여기 온 거라서요."

"아하! 그럼 다행이군요. L회사면 저희 H회사의 숙적이나 다름없는데. 휴우, 하마터면 적의를 품을 뻔했습니다."

'휴우~ 빨리 말하길 잘했다.'

안도의 한숨을 내쉬는 진서였다.

아무래도 공학계끼리는 출신 기업에 따른 집단 의식 같은 게 있는 거 같았다.

그 있지 않은가? 매년 '연고전인가? 고연전인가?'로 라이벌 의식을 가진 대학들 말이다.

한국 3대 길드라고는 하지만 쓰리 스타즈 얼라이언스가

늘 탑이고, 로직 게인과 H프라이멀이 2위를 경쟁하는 구도라서 아주 적절한 비유라고 할 수가 있다.

당연히 그 회사들도 2위를 다투는 H회사와 L회사여서 사원간 자존심 싸움은 엄청났다. 요약하자면 '에이, 그래도 우리가 재네보단 낫지.', '솔직히 우리가 2등 아니냐?' 하는 2등 싸움의 분쟁이었다.

"L회사 역시 인성이 개판이네요. 멀쩡한 동료를 뒤통수치고 내쳐 버릴 정도라니. 어쨌든 거기서 나오셨으니 여기 드래고닉 레기온에 오시게 된 거 아닙니까? 잘된 거죠. 앞으로도 잘해 봅시다."

"예. 저야말로 잘 부탁합니다."

어떤 의미로 로직 게인이 자신을 버린 게 잘된 거라 생각하는 진서였다. 그 덕에 이렇게 H프라이멀의 스폰서 출신인 이 사람과 어울리게 되었으니 말이다. 그렇게 근덜러끼리 대화를 할 수 있게 되었다.

이윽고 1시간이 지나서 모든 기술의 쿨 타임이 돌아온 이들은 다시 황야를 걸었고, 오벨리스크의 빛기둥을 품은 요새를 보게 된다.

"빛기둥이다! 이제 다 왔네요."

"흠, 여기는 그냥 들어가지나 보네요. 강철의 요새라."

"이상하네. 이런 요새 같은 게 있으면 분명 입구에 보초부터 있었을 텐데 말이죠."

"아마, 안에서 이벤트 같은 게 열리는 구조일 겁니다."

요새 안으로 들어가자, 강철의 투기장의 한가운데에 나오게 되는 파티원들이었다.

〈센티넬 워커 (LV. 25)〉

체력 : 50,000/50,000

높이 약 4미터, Z자 모양의 역관절 두 다리를 지닌 개구리 같이 생긴 메카닉 워커였다.

무장은 개틀링건 1문, 머리 위에 등 쪽에 가지고 있는 미사일 3개와 신호탄 사출구 하나를 지닌 미래형 보스 몬스터였다.

체력도 적고, 생각보다 무장도 부실해 보였다.

"음? 방패를 든 제가 선탱을 맡을 테니, 진서 님은 지금 카오스 나이트시죠? 그 상태로 움직임을 막아 주시다가 딜러 포지션 되면 딜하시고, 다시 두 번째에 탱이 되시는 타이밍에 도발해 주셔서 탱 좀 부탁드립니다."

"아, 예."

"저기, 파티장님, 저 신호탄 사출구를 보아하니 추가 패턴 있을 거 같은데요."

“딱 봐도 쫄 소환하는 보스네요. 체력이 적은 건 부하를 소환하느라 그런 걸 테고, 쫄 나오면 쫄 점사할까요? 아니면 쫄 무시하고 네임드만 깔까요?”

*쫄 : 장기판의 병졸(兵卒)에서 유래한 단어로 RPG 및 온라인 게임에서 던전의 보스, 레이드의 보스 몬스터를 공략하는 도중 나오는 부하 몬스터들을 일컫는다.

이 강철의 투기장에 들어온 파티원들은 우선 전투전에 보스 몬스터의 생김새로써 패턴을 추측한다.

빈약한 무장에 적은 HP를 지니고 있어서 쉽다는 생각을 하는 게 아니라 추가적인 패턴이나 요소가 있음을 찾아내면서 변수를 읽는 적합자였다.

정말로 저 무장이 전부라면 쉽게 깨겠지만, 그리 생각대로 쉽게 풀리는 인생이 아니었다.

“뭐, 딜러 분들 레벨은 여기 적정 레벨이지만, 그래도 쫄은 잡고 가죠. 던전은 언제나 기본이 중요합니다. 편히 가려다가 황천 빨리 가는 게 이 바닥이니까 쫄 나오는 대로 끊어 주시고, 보자… 레저스 님은…….”

“아, 저요?”

“음? 쫄(부하 몬스터)들이 나오는 타이밍에 탱킹 상태가 된다는 보장도 없지만, 딜링이 매우 우수하시니까 쫄이 나오면 탱 상태든 딜 상태든 쫄 처리를 맡깁니다.”

각자 포지션 및 임무를 정하고, 본격적으로 공략을 준비한다.

체력이 5만밖에 되지 않는 보스. 기계 타입이라 전기 데미지에 치명상을 입기에 거기에 알맞은 세팅을 하고, 무기 내구도도 확인을 한다.

그리고 마지막으로 의견이 분분한 게 하나 있는데, 바로 보스 몬스터의 머리 쪽에 달린 사출구에 대한 공략법 문제였다.

“저거 바로 일점사(一点射 : 한 점을 쏨)해서 부숴 버리는 게 낫지 않을까요?”

“근데 부수면 왠지 광폭화 삘이 나는데…….”

“그러고 보니 레저스 님 딜링 상태 때 딜 죽이던데, 그냥 폭딜로 터뜨리는 게 안 낫나요?”

아까 전의 위기 상황을 보면 레저스가 평범하게 자신의 쿨기를 다 켠 다음에 일격에 녹여 버리는 것도 좋은 방법이리라. 그러면 쫄이고 뭐고 없이 단 한 방에 보스가 처리되는 거니 말이다.

‘아, 그러고 보니 〈액티브-암흑 검〉+〈액티브-마왕 강림〉일 때 데미지가 7만쯤 나오던 거 같기도…….’

〈액티브-암흑 검〉이 공격에 대량의 암흑 데미지 추가, 그리고 〈액티브-마왕 강림〉이 크리티컬 100퍼센트 보정과 방어 무시 부여고, 탱커 상태인 카오스 나이트에서 〈패시브-혼돈의 군주〉 패시브를 쌓아서 다크 나이트로 전환해서 기본 〈방어 무시〉를 터뜨려 놓으면 〈액티브-마왕 강림〉 옵션의 방어 무시 부여가 추가 데미지로 부여가 되니, 딱히 말도 안 되는 이야기도 아니다.

'한 9만 정도 나오겠는데? 진심으로 극딜하면?'

"그러면 훈련이 안 돼서 쫄을 맡기려는 건데……."

"아, 훈련."

"맞네요. 우리, 앞으로 다른 던전 및 레이드를 하기 위한 훈련 삼아서 온 거죠. 참 레벨 업도 레벨 업이지만 경험도 중요하죠."

정확히는 팀워크의 적응이 목적인 던전행이었다.

가장 고레벨인 진서(Lv.46)와의 호흡이 제일 중요한 이곳 팀이었는데, 이상하게도 파티장인 아머드 나이트 상연은 그걸 생각 안 하고 변수가 복잡한 진서를 오히려 떼어 놓고 생각하고 있었다.

그걸 모르는 진서는 파티장인 상연의 지시에 고개를 끄덕였다. 그리고 뭔가 석연찮은 기분이 들었지만 그것을 무시한 채 지시에 따라 공략을 시작했다.

"그럼 카운트다운한 뒤 시작하겠습니다. 5… 4… 3. 2. 1. GO!"

페이즈 7-4

병원 단골은 뭐라고 하나?

아, 여기 어디지? 나 얼마나 자고 있던 거야?

눈을 뜬 내 시야에 보이는 것은 작은 스탠드에서 희미한 불이 들어오는 곳이었다.

어두운 걸 보니 늦은 밤인가 보네. 함부로 마음 놓고 자면 안 되는데 말이지.

어쨌든 기분이 상당히 나아진 나는 눈을 뜨고 주위를 둘러본다.

탱커질하면서 하도 많이 이용하다 보니 익숙한 침대의 모습과 약 냄새, 그리고 팔에 꽂힌 링거.

몸에 걸친 것도 지겹게 입어 본 하얀색과 파란색이 세로 줄무늬로 된 환자복으로 보아 난 크로니클의 치료 시설에

온 것을 확인한다.

그리고 눈을 뜨자 인사를 건네 오는 메이드의 모습까지 확인한 나는 완벽히 정신이 돌아온다.

“일어나셨습니까?”

“어, 어? 그래. 간호하고 있던 거야? 내 치료는 어떻게 됐어?”

“치료하시는 분이 ‘아니, 어떻게 이런 상처를 입고 살아서 돌아오셨어요?’라고 하며 호들갑 떨긴 했는데, 어쨌든 재생 치료는 완료되었답니다. 깨어나면 돌아가셔도 좋다고 했습니다만, 만일에 대비해 오늘 밤은 쉬시는 게 좋습니다.”

“어디 보자.”

난 옆 탁자에 있는 거울을 들어서 내 얼굴부터 확인한다.

강산에 흉측하게 녹아내렸을 피부가 지금은 완전히 매끈하고 깨끗한 피부로 돌아와 있었다. 이래서 재생 치료가 좋지.

다만 머리카락은 재생 대상이 아닌지, 휑한 민두의 모습이 거울에 비쳤을 때는 좀 슬펐다.

끄아아! 대머리라니! 내가 대머리라니! 자라나라, 머리머리! 자라나라, 머리카락!

내가 표정을 찡그리며 자신의 모습에 괴로워하자, 엘로이스 씨는 무언가 봉투를 꺼내서 내게 준다.

"이게 뭐예요?"

"가발입니다. 기존 주인님의 헤어스타일에 맞춰 특별 주문한 겁니다. 머리가 다시 날 때까지 그걸 착용해 주십시오."

"하하하, 고마워요."

이런 제길! 가발이라니! 내가 가발이라니!

하지만 어쩔 수 없다는 걸 안 나는 그 봉투를 받아서 꺼내어 써 본다.

으아아, 이 이질감 뭐야? 기분 나빠.

사실 머리카락이 없어진 건 처음은 아니지만 그때는 그냥 머리가 다시 날 때까지 집에 처박혀서 미연시만 하면 될 뿐이었는데 말이지.

내가 가발을 쓰려고 우왕좌왕하자 엘로이스 씨가 제대로 정리해 주기 시작한다.

"제가 해 드리겠습니다."

"어, 그래."

슥슥…….

아, 민두가 만져지는 느낌, 완전 별로군.

가발을 머리에 올린 엘로이스 씨는 머릿결을 만지면서 이리저리 돌린 다음 무언가 스프레이 같은 걸 뿌려 머리카락에 잘 스며들게 한다. 그거 뭐야?

"정전기 방지 스프레이입니다. 가발이 무겁진 않으신지요?"

"어, 엄청 가벼워. 애초에 맨날 중갑 투구 쓰고 다니는데 가발 정도야."

그렇게 확실히 고정해 주고, 거울을 바라보니 완전한 내 모습으로 복귀해 있었다.

게다가 이 머리칼, 자연스러워. 어쨌든 인공적으로 만든 물건이니만큼 위화감이 있어야 하는데 그런 게 거의 느껴지지 않았다. 게다가 만지는 촉감도 똑같고, 완전 다행인데? 근데 이거 꽤 비싼 게 아닌가? 싶어서 엘로이스 씨를 바라보고 묻는다.

"근데 이거 좀 비싸지 않아요?"

"아무리 비싸다고는 해도 주인님의 품위보다 소중한 건 없습니다."

"아, 예."

"그러니 부담 갖지 말고 받아 주세요. 아, 다시 주무실 거면 가발 벗겨 드릴까요?"

뭐지? 이 사람, 말하는 분위기가 왠지 달라졌는데?

뭐랄까? 원래는 딱딱하고 사무적인 모습이었던 걸로 기억하는데 지금은 마치 남동생을 돌보는 상냥한 누님 같은 모습이다. 눈빛부터가 살짝 누그러진 게 낮에 보았단 사람이랑 같은지 의심하고 싶을 정도였다.

내가 잠들었다 일어난 사이에 무슨 일이 있었던 거지? 나도 모르는 사이에 이상한 짓이라도 한 건가?

'뭐지 저 은은한 미소는? 마치 새침부끄 미소녀가 하루아침에 메가부끄 상황처럼 되어 버린 거 같은데? 거의 이거 나고미짱 레벨인데? 아니, 걔는 그래도 이벤트가 있어서 그렇게 된 거지, 이 영국산 메이드 아가씨는 왜 갑자기 이렇게 된 것인가?'

"아니면 다른 시키실 일이라도?"

"어? 그러니까 나 뭔 일 저질렀어?"

도무지 수상하다. 아니, 난 아무 짓도 하지 않았는데 사람의 태도가 이렇게 달라지나? 말도 안 된다.

그러니 난 뒷머리(가발)을 긁적이며 물어본다. 그나저나 가발 진짜 적응 안 되는군.

"아뇨. 독 사과를 문 백설공주님처럼 곤히 잠들어 계셨습니다."

'비유를 해도 꼭…….'

"그래서 필요한 건 없으신지요? 마이 로드."

"나 자고 있을 동안 뭐, 문제 생긴 건 없지? 보자, 내 휴대폰 좀 줘."

엘로이스 씨는 품에서 내 휴대폰을 꺼내서 준다. 역시 가지고 있었군.

휴대폰을 열자, 받지 않은 전화-102통이 떠 있었다. 소름 돋는군.

급히 열어서 확인해 보니 전부 다 세연이 통화다. 얘는 내

마누라인가?

"엘로이스 씨가 받아서 변명 좀 해 주시지 그랬어요. 102통이나 오다니, 이거 전화 도로 하면 난리 나겠구먼~"

"잠시 던전 정찰이라도 가셨다고 하면 될 겁니다. 더구나 제가 주인님의 전화를 받는 것을 알면 분명 의심의 여지가 생기겠지요."

"음, 들어 보니 맞는 말이네요. 잘하셨어요."

"아, 가, 감사합니다."

뭔데? 뭔데? 나 저 메이드 말 더듬는 거 처음 봤어. 칭찬받는 걸 좋아하는 건가? 미소 지으니 훨씬 아름답지만 이유를 모르니 갑갑하다. 나 같은 탱커가 어디가 좋은 건지? 이해가 되질 않는다. 요즘 여자들은 귀엽고, 가정적인 초식남들을 좋아한다고 들었는데 말이야.

일단 세연이에게 전화부터 해야겠다.

역시나 그녀는 잠을 자지 못하는 데스 나이트답게 전화하자마자 받는다.

(아저씨!)

"세연아?"

(아저씨, 어디서 뭘 하고 있기에? 이제야 전화한 거야?)

무감정한 목소리였지만 어조의 속도가 그녀가 품고 있는 다급한 마음을 대변한다.

난 변명을 생각하고 말을 한다.

"아, 그러니까 여, 영국에 소환 받아 가서 말이야."

(무슨 소리야? 아까 영국에 전화해서 보고했는데 아저씨를 부르거나 할 일은 없다고 했는데?)

이런 꼼꼼한 년. 나 자는 사이에 여기저기 다 물어보고 다녔군. 크로니클 치유소에 있다고 하면 분명 들킬 테니 이를 어쩐다. 누구 핑계 댈 녀석이 없나? 이거 완전 마누라에게 변명해 대는 꼴인데 말이야. 큰일 났군. 한 번 거짓말을 했으니 두 번은 안 통할 텐…

"아앙! 오빠앙~! 뭐해? 하다 말고 가는 게 어딨어엉~"

'캑?'

(아저씨, 지금 그거 여자 소리?)

뭐하는 짓이야? 이 바보 메이드가?

평소 침착한 어조와 다르게 완벽하게 아양 떠는 술집 여성 같은 목소리로 내 옆에 바싹 붙어서 애교를 떨고 있었다.

전화 너머로 들리는 세연의 목소리에 한기가 묻어나온다. 저, 전화기가 차가워진 느낌이다.

"아, 하하하. 그러니까 이게 말이야. 하하하하… 아흑!"

게다가 이 메이드는 한창 변명을 하려는 내 손을 꼬옥 잡아서 날 놀라게 만든다. 따뜻하고 매끄러운 손의 느낌에 난 깜짝 놀라서 이상한 소리를 내보낸다. 듣기만 하면 마치 그것을 하기 직전에 깜짝 놀라는 소리가 되어 버린다.

(자세한 건 돌아오면 들을게.)

"조때따."

달칵. 뚜… 뚜…….

난리 났군. 난 고개를 돌려서 엘로이스 씨를 돌아본다.

도대체 이게 무슨 짓인가? 라는 마음을 담은 눈빛을 보냈는데, 그녀는 태연한 얼굴로 내 질문에 대답해 준다.

"이미 비서인 그녀라면 필요한 조치를 다 취했을 겁니다. 그녀가 알고 있는 주인님의 인맥을 모두 탐색했겠지요."

"그래서? 그런 이상한 연기를 한 거야?"

"예. 상처에 대한 사실을 들키지 않으려면 차라리 미움받을 일로 덮는 게 나을 겁니다. 어설픈 변명보다 확실한 게 좋지요."

확실히 말은 그럴싸하군. 기왕 시작한 연기 어설픈 변명보다는 아예 확 저질렀다는 걸로 무마하는 게 낫겠지만, 뒷감당하기가 힘들군.

에휴, 나중 일은 나중에 생각하고, 기왕 이렇게 엘로이스 씨랑 이야기하게 된 거 일 이야기나 조금 해야겠다고 생각했다.

"그건 그렇고, 오늘 힐해 보니까 내가 꾸린 멤버들 상태 어때? 일단 경험 부족 문제는 빼고 이야기해."

"개개인의 개성이 특이하긴 했지만 그래도 각자의 자질들은 괜찮던 거 같습니다. 탱커 분은 실수가 있었습니다만 전체적으로 보면 냉정하고 침착하게 탱킹을 하셨습니다. 근딜러인 드루이드 분은 공격성도 있고, 딜량도 같은 직업 이상으로 잘 뽑으시더군요. 재능이 있다는 거지요. 다만 그 공격성을 스스로 제어할 수 있을지가 의문입니다. 위저드 어르신은 위기 대응 능력과 적합자 일에 대한 신중함을 좀 기르셔야 할 거 같습니다. 마지막으로 원거리 딜러 분인데 클래스를 제대로 몰라서도 있지만 상당히 수동적으로 딜링을 하더군요. 스스로 딜러라는 자각이 필요할 거 같습니다."

흠~ 내 생각과 거의 비슷하군.

일단 경험적인 문제로 나타난 실수를 빼고 이야기하면 오늘 던전에 대한 분석은 완벽하다고 볼 수 있었다.

그리고 마지막으로 지적해야 할 문제아가 하나 있었군. 이 망할 힐러.

"그리고 너도 아주 큰 실수하셨지. 힐러라는 게 힐하기 편하다고 탱에서 눈을 떼다가 죽을 위기 만드냐?"

"그건 정말로 입이 10개라도 할 말이 없습니다. 벌을 원하신다면 내려 주십시오."

"사과는 세연이한테 해. 레이드를 뛰려면 서로 간에 신뢰가 있어야 하니까 말이야."

"예, 주인님. 지당하신 말씀입니다. 돌아가는 대로 사과하겠습니다."

뭐지? 이 메이드, 왜 잘 길러진 애완동물처럼 순순하지? 고개를 숙이며 예를 갖추는 모습이 우아해서 나도 모르게 감탄하고 말 정도다.

어쨌든 이쯤에서 이번 던전에 대한 감정은 정리해야겠다고 생각한 나는 고개를 끄덕였고, 다시 잠들려 했는데 전화가 울리기 시작한다.

스마트폰엔 '건방진 꼬맹이'라는 이름이 떠 있었다. 현재 2팀장인 아머드 나이트 정상연의 전화였다.

"어? 그래, 나다."

(예, 지부장님. 머라우더입니다.)

'새끼, 역시 기업에서 일하다 온 녀석이라 철저히 사적인 언어는 안 쓰는군.'

그 건방진 꼬맹이가 각자의 자리가 정해지자 철저히 나를 존중하는 태도를 보여 주니 나도 뿌듯해진다. 자리가 사람을 만든다는 건가?

어쨌든 지금 전화를 하는 걸 보면 2팀도 던전에서 복귀한 거 같았다.

"그래, 던전은 잘 다녀왔냐?"

(클리어 자체는 했습니다만, 문제가 발생했습니다.)

아오, 머리야. 문제는 무슨 문제. 지금 우리 팀도 문제 생겨서 내가 지금 이렇게 누워서 치료비 내게 생겼구만! 아, 아마 몇백은 깨졌을 텐데. 생각하니 벌써부터 위장이 아파 온다.

일단 나는 상연의 이야기를 들으며 링거를 거칠게 뽑아낸 다음 일어나서 엘로이스 씨에게 말한다.

"내 제복 가져다줘!"

"이제 막 치료가 끝나고 일어나셨는데, 괜찮으시겠습니까?"

"메이드 짓을 할 거면 얌전히 주인 명령을 따라!"

"아, 예!"

우와, 엄청 빠르다. 역시 저 메이드, 이런 주인님을 좋아하나 보군.

어느새 치료 시설에 올 때 입었던 드래고닉 레기온 제복(주름 하나 없이 말끔하게 다려져 있었다)을 가져와서는 내 침상에 올려 두고, 통화에 열중하고 있는 내 환자복을 벗기기 시작했다.

(그러니까 레저스 님이…….)

"진서 형님이? 야, 야, 잠깐만! 너 뭐하는 거야?"

"옷 갈아입히는 시중입니다만? 아, 이제 셔츠부터 입혀드려야 하니 오른팔부터 부탁드립니다."

전화 속은 전쟁터 같은 어조인데 밖은 천국이냐? 게다가 엘로이스 씨, 손 엄청 빨라! 거기다 나 분명 전화를 받고 있고, 호응도 안 했는데 내 상의 언제 벗긴겨? 라고 고개를 돌려 환자복 상의를 바라보니 손목에서 어깨 쪽까지 깨끗하게 잘려 나가 있었다.

지금 환자복을 잘라 버린 거야? 나 하나 입히려고? 더구나 그녀는 이미 내 한쪽 팔을 잡고서 셔츠를 넣고 있었다.

"하아~"

(여보세요? 지부장님? 제 말 듣고 계십니까?)

내가 정신 차릴 틈도 없이, 상황은 양방향에서 집중되고 있었다.

진정하자. 탱커로서 여러 마리의 몬스터가 동시에 나타나고, 도발이 하나만 남은 상황도 늘 상대해 온 나다. 여기서는 취사선택을 할 수밖에 없다. 그러니까 과감히 하나를 포기할 뿐이다.

"어, 듣고 있어. 빨리 말해."

(예. 오늘 던전 플레이 중 레저스(백진서) 님이 다치셨습니다. 그리 큰 상처는 아니지만 지금 기절해서…….)

"미친 꼬맹이 새끼야! 기절할 정도가 어디가 큰 상처가 아닌데? 인지부조화냐? 누가 회사원 출신 아니랄까 봐 말 한번 개같이 돌려서 쓰네. 정확하게 설명해. 일단 지금 지부 사무실이지?"

(예. 현재 '내이름은블랙잭' 님께서 치료 중입니다. 너무 큰 걱정은 하지 마십시오.)

"알았어. 얼른 갈 테니까 기다리고 있어."

전화를 끊고 정신을 차리자, 이미 내 몸엔 드래고닉 레기온 제복이 걸쳐져 있었다. 귀신같은 솜씨구만? 이 여자, 본업이 메이드라고 했었나? 그럼 천성 메이드군. 옷을 다 갈아입힌 뒤엔 조용히 눈을 감고 서서 내 명령에 대기하고 있었다.

진짜 저 정도면 크루세이더가 클래스가 아니라 '메이드 나이트'라고 불려도 할 말이 없을 레벨이군.

어쨌든 준비가 되었으니까 이제 어서 가야 하는데.

"얼른 가… 큭!"

"주인님, 괜찮으십니까? 역시 무리가 아니신지?"

띠이잉!

갑자기 현기증이 몰려온다. 역시 금방 치료받고 일어나자마자 열을 내서 그런 건가? 하지만 이깟 현기증에 질 정도면 던전에서 골백번은 죽을 몸이었다. 이쯤이야!

"하압!"

쿵!

진각을 밟고, 아랫배에 힘을 줘서 정신을 차린다.

내가 이 장사 한두 번 하는 게 아니다. 간다. 해야 한다. 내가 하지 않으면 안 된다.

탱커란 그런 것이었다. 언제나 책임을 둘러쓰고, 두려움과 공포를 속이고, 나아가야 하는 것이다.

주어진 상황이 안 좋다고 해서 징징거릴 수 있는 게 아니다. 눈에 있는 힘껏 힘을 주고 앞으로 나아간다. 이게 내가 할 일이다.

“가자. 마실 거 좀 있으면 가져와 줘. 차에서 마시고, 조금이라도 기력을 회복해 놔야지. 미치겠네.”

“예, 알겠습니다.”

진서 형님이 다치다니 무슨 일이야. 그래도 이제 모든 스킬 설명을 읽을 수 있는 레어 클래스에다가 장비도 엄연히 클래스 전용 장비 영웅 풀 세트에 영웅 무기로 쫙 빼입혀 놨는데?

46레벨이 25레벨 던전 갔으면 당연히 날아다니고, 안 죽어야 정상인데, 암만 생각해 봐도 이 형님, 무슨 짓거리를 한 거야.

일단 난 차에 탔고, 엘로이스 씨가 들어와서 다시 운전을 한다. 시간은 이미 늦은 밤 11시가 넘어 있었다. 오늘 하루 종일 편한 일이 없군.

“여기, 이온 음료입니다.”

“어, 고마워. 여전히 준비성 좋구만…….”

내 갈증을 예상했는지 1.5L짜리 페트병을 들고 온 엘로이스 씨였다.

난 단숨에 3분의 2를 마셔 버린다. 후우~ 살 거 같다. 시원한 느낌이 전신에 퍼져 나가면서 현기증도 조금 사라지는 거 같았다.

아, 미치겠네. 음료를 마시고, 엘로이스 씨 옆에서 앉아 있는 동안에도 상연이의 이야기가 계속되고 있었다.

"그러니까 보스 몬스터까지는 문제없었다는 거잖아."

(예. 그리고 문제는 보스 몬스터에서 생겼습니다. 보스 몬스터는 체력 5만밖에 되지 않는 공학계 기계 워커 타입 몬스터인데.)

워커? 그 역관절 다리를 한 이족 보행 전투 로봇인데 개구리 비슷한 모양을 한 그거 말인가? 나도 한 번뿐인가 잡아 본 적이 없는 미래형 던전 몬스터였다.

분명히 체력이 빠질 때마다 신호탄을 쏴서 부하 몬스터들을 부르는 패턴과 광역 미사일을 쏘는 패턴 2개가 있는 녀석이었지.

딱히 어려울 게 없는 게, 부하 때는 보스가 무적 보호막 치고 숨어 있고, 미사일도 보호막 치고 숨어서 쏘는 게 끝이다. 남은 건 탱커가 가서 혼자 받아 내는 것뿐. 쫄 소환이 총 두 번, 미사일이 총 세 번인 간단한 몬스터일 텐데 왜 다친 거야?

"그 몬스터면 나도 알아. 어려울 거 없잖아. 쫄 패턴 때는 보스는 안 움직이니까 탱 로스 안 날 거고, 미사일 때도 어려운 건 없잖아. 그 외엔 그냥 총탄만 따가울 뿐일 텐데?"

(그게, 너무도 딜이 좋은 바람에…….)

"뭐? 그게 무슨 개소리야?"

(저희 신생팀에 장비를 모두 싹 전부 희귀급 이상으로 맞

추고 들어왔잖습니까? 더구나 딜러 구성도 3명인데 레저스 님의 다크 나이트 상태도 딜러 1인분 이상이라서 실제 딜러 4명이라고 보는 게 정확합니다. 그래서 전투 시작 후 일제히 딜을 했는데…….)

"설마 피가 한 방에 까져서 패턴 섞여서 온 거냐?"

온라인 게임에서 자주 있던 일이다. 한 번에 많은 체력이 빠지면 원래 써야 할 패턴을 몰아서 써 버리는 보스 몬스터지.

그런데 이상하네. 딜러들 레벨도 적정 레벨이었는데.

아차, 그러면 짐작 가는 부분은 하나다. 진서 형님이 폭딜을 넣은 건가? 아니, 분명 스킬도 모르는 채로 막 찍어서 세연이가 해석해 주고 나서야 감을 잡았을 텐데, 도대체 얼마나 센 거야?

(예. 일단 기본적으로 다들 희귀템 이상 영웅 등급까지 맞추었기에 기본적인 파티의 DPS(초당 피해량 : Damage Per Second)가 높았고, 기본적으로 딜러들은 전투 시작함과 동시에 모든 쿨기를 켜지 않습니까? 근데 놈의 체력이 보스치고는 5만밖에 되지 않을 정도로 낮아서 딜러진들이 너무 빠르게 딜을 넣는 바람에…….)

"진서 형님이 폭딜 넣어서 패턴이 한 번에 뜬 거 아냐?"

(아뇨. 그분이라면 원킬 나야 정상입니다. 패턴이고 자시고…….)

아니, 그럼 그 형님은 얼마나 세다는 거지? 데미지 5만을 한 방에 집어넣으려면… 아니지, 분명 5만은 가볍게 넘어 젖히는 폭딜을 한순간에 넣을 수 있다는 거다.

일단 중요한 건 그게 아니다.

"보자, 총 나오는 패턴은 5개. 즉, 못해도 체력 15~20퍼센트 정도에 한 번씩 기술을 쓸 테니, 놈의 체력은 5만, 보통 딜러들이 가진 쿨기는 2~3개. 그걸 동시에 켜고, 일제 포화를 가했다면……."

더구나 거너와 플라즈마 런처라면 쿨 다운 기술을 틀고서 단기 화력의 대가고, 블레이드 라이저도 상성에 맞춘 뇌전 속성의 검을 들고 갔으니, 극상성의 장비 수준과 전투 시작의 폭딜. 못해도 단숨에 1만 이상? 아니다.

"체력 2만 정도 빠져서 2개의 패턴이 겹친 거냐?"

(정확히 복합 패턴을 시작했을 때 놈의 체력은 1만 9천이었습니다.)

"3개냐… 하아~"

즉, 전투 시작하고 약 10여 분 만에 놈이 긴급 패턴 시작을 자각하지도 못할 만큼 폭딜을 단숨에 퍼부으니까 3개의 패턴, 쫄 소환 1번과 미사일 광역 공격 2번이 한 번에 나왔다는 거군. 그 현장, 상상도 하기 싫을 정도군.

"그래서, 그거 막다가 다치신 거라는 거군. 잠깐, 네가 더 레벨이 낮은데 넌 멀쩡하네? 패턴은 같이 맞았는데……."

(그야 전 퓨어 탱커인 '아머드 나이트'고, 레저스 님은 포지션 시프트인 '다크 나이트'이니까요. 생존기 숫자부터가 다릅니다. 전 알다시피 4~5개를 유연하게 돌려쓰는 퓨어 탱커지만, 레저스 님은 오로지 단 1개의 생존기만 가지고 계시는 바람에……. 게다가 결정적인 건 한 번에 몰려든 패턴이 지속적으로 딜을 퍼붓다 보니 레저스 님의 탱킹 형태인 카오스 나이트의 지속 시간이 끝나서… 거기서 다운되셨습니다.)

기본 스펙은 좋고, 강제 변신이 되는 각 포지션의 능력치도 최상급이었지만 그 '강제 포지션 전환'이라는 부분이 결국 발목을 잡아 버린 것이다.

더블 포지션의 대가인가? 아니면 컨트롤 미스인가? 어디서부터 잘못되었는지 모르겠군. 어쨌든 사정을 다 듣다 보니 지부 건물이 보인다.

"먼저 들어가십시오. 주차해 놓고 들어가겠습니다."

"알았어."

입구에 차를 세워 준 엘로이스 씨는 날 내려 주고는 따로 주차하겠다며 사라진다. 역시 배려가 많은 메이드군.

어쨌든 시국이 급하니 난 곧장 지부 건물로 들어가서 의무실 쪽으로 갔다. 사무실 쪽도 아직 불이 켜져 있고, 의무실에 가까워지니 2팀의 사람들이 날 반겨 준다.

"오! 지부장님 오셨습니까?"

"지부장님 오셨네요. 그러니까, 레저스 님 때문에 오신 거죠?"

"진서 형님은?"

"저기 침대에……."

침대엔 산소호흡기에 링거를 꽂고 누워 있는 진서 형님의 모습이 보인다. 난 클래스 메디컬라이저인, 본명 허순이라고 하는 하얀 가운을 입은 길드원에게 다가가서 묻는다.

그는 힐러면서도 기업에서 의료 관련 기술을 연구하던 자였고, 대부분의 재생 기기 연구, 발명가로 나도 영입했을 때는 든든하다고 생각했었다.

"어떻게 된 겁니까?"

"그러니까 미사일 연쇄 폭발 때문에 열과 폭염이 폐를 손상시켰습니다. 아, 물론 적합자에 응급처치도 빠르게 해서 생명에 지장은 없습니다만……."

아머드 나이트, 블레이드 라이저, 메디컬라이저는 메카닉 갑주 안에 사람을 완벽히 보호하는 방호 구조 덕분에 미사일의 열과 폭염에서 자신들의 몸을 지킬 수 있었고, 거너와 플라즈마 런처는 전용 장비인 방독면을 착용함으로써 호흡기의 손상을 막을 수 있었다.

반면 그런 게 없는 다크 나이트인 진서의 경우 미사일의 후폭풍이 모두 지나갈 때까지 숨을 참아야 했으나?

'경험 부족과 생존기 부족을 커버할 판단력이 없었다는

거군. 클래스의 난이도 문제인가?'

"어쨌든 지금 할 수 있는 조치는 했고, 시간이 지나면 깨어날 겁니다."

"휴우~ 알았어. 그럼 진서 형님보고 깨어나면 내 사무실로 오라고 전해 줘."

"예, 지부장님."

지부장실. 즉, 내 전용 방이다.

혼자 쓰기에 쓸데없이 넓은 이곳은 내 전용 데스크 책상과 더불어 아직 아무 책도 없는 거대한 책장과 소파, 탁자, 벽에는 거대한 100인치급 와일드 TV가 달려 있었고, 책상엔 현존 최고 사양으로 맞춘 컴퓨터와 영국으로 연결된 핫라인까지 갖추어져 있었다.

언제 봐도 죽이는구만~ 내 사무실이라는 게 더 놀라울 따름이다. 20대 초반에 개인 사무실을 가진 처지가 되다니 감개무량해질 법도 했지만, 지금은 그것보다도 일이 우선이다.

"입이 10개라도 할 말이 없습니다. 같은 탱커였는데 제가 챙기질 못했습니다."

"나도 별로 크게 탓할 생각 없어. 진서 형님의 클래스는 난이도가 있는 걸 알고 있었고, 그 형님도 제대로 자신의 클래스를 알고서 던전에 간 건 이번이 처음이니까 말이야. 살아왔으니 다행으로 여기자고. 다만 충고하자면 다음부터는 죽을 거 같으면 그냥 크리스털 써. 의료비 더 나온다."

"예, 알겠습니다."

상연에게 사정 청취를 들었고, 원인도 알아냈다. 책임 추궁은 굳이 할 필요 없다는 게 내 생각이다.

이번은 드래고닉 레기온의 한국 지부 첫 던전 탐사. 호흡이 안 맞는 건 당연하고, 문제점을 알아보기 위한 것이었다. 그리고 1팀은 그 문제점을 피드백했고, 남은 건 2팀이다.

"그건 그렇고, 진서 형님은 그쪽 팀 조합에 안 맞냐? 솔직하게 까 봐. 괜히 팀원에게 무안하다 생각 말고 말이야."

"솔직히 레저스 님은 그냥 탱커가 아니라 반탱 반딜러인데 그걸 통제할 수가 없으니, 전투 중에 제가 따로 그분을 챙겨야 해서 신경 쓰입니다."

"흠, 본인도 자신의 숙련도가 있어야 하는 판인데 더블 포지션을 활용하기가 힘들다는 거군."

그렇다고 딜러진으로 보내기엔 탱커로 변하는 동안 딜 로스(데미지를 못 넣는 시간)가 엄청나다. 말하자면 이거 계륵이라는 건가? 머리가 아파 오네. 그렇다고 탱커 인원이나 딜러 인원을 하나 더 추가하기엔 비효율이 넘친다.

레이드 레벨에서는 탱커도 딜러도 다수라서 상관은 없지

만, 그 전에 성장을 위한 던전 사냥에서 쓰기 애매한 문제를 해결하기란 쉽지 않았다.

"주차하고 왔습니다, 주인님."

"어? 왔어? 아, 상연이는 처음 보나? 엘로이스 씨라고 해. 이번에 영국의 드래고닉 레기온 본부에서 한국 지부로 발령 난 힐러 크루세이더님이셔. 레벨은 72야."

"아, 안녕하십니까? 정상연입니다. 클래스는 아머드 나이트입니다."

작은 꼬마인 상연은 허리를 숙여 인사를 한다. 성숙하고 아름다운 미녀인 엘로이스도 예를 갖추어 인사를 받아 준다. 그리고 그녀는 마치 자신의 자리라는 듯 내 뒤로 어느새가 와서 자리를 잡는다.

그러고 보니 그녀에게도 분명 개인 사무실을 만들어 주었는데, 왜 늘 내 사무실에 와서 일하는 걸까?

"하아~ 그 문제는 진서 형님 깨어나면 물어봐야겠군. 여차하면 2팀에 탱커를 새로 받아야 할 수도 있겠어. 어쨌든 수고했고, 보고서는 내일 오후 6시 전까지만 올려 주고 쉬어. 우리 팀당 일주일 던전 할당치 알지? 적정 레벨 던전 3일 클리어인 거?"

"예. 알고 있습니다, 지부장님."

일주일에 3일은 던전 클리어라는 조건. 월, 수, 금이든 화, 목, 토이든 그 점은 파티장의 재량에 맡겼고, 아이템 획득 보고서와 레벨 업 이야기만 올라오면 그만이었다.

일반적인 길드가 일주일에 1~2회 던전을 도는 것에 비하면 엄청난 하드 워크라고 할 수 있겠지만 어쩔 수 없다. 우리 길드의 목표는 엄연히 그랜드 퀘스트라는 레이드다. 그러니 우선적으로 레벨 업을 위해서 바쁘게 달려야 하는 게 현실이었다.

내 이야기를 알아들은 상연은 고개를 한 번 숙이더니 내 사무실을 나간다.

“휴우~ 오자마자 고생이다.”

“그래도 길드원이 다쳤다는 소리에 바람처럼 달려오신 점은 2팀의 멤버들도 감명 깊었을 겁니다.”

“에이~ 지금이 무슨 시대인데. 닭살 돋는 80년대 후반 스포츠물도 아니고 말이야. 그나저나 세연이 녀석, 내가 왔다는 소리를 들으면 슝~ 하고 달려올 줄 알았는데 안 오네.”

“그녀는 퇴근한 거 같습니다. 1팀 사무실 불도 꺼져 있었고 말이죠.”

퇴근이라. 잠도 못 자는 애가 뭘 하러 간 거지? 신경 쓰이는군. 어쩐다? 벌써 12시가 넘었는데 일단 전화나 해 봐야지.

[인연이라고~ 하~ 죠. 거부할 수가 없죠. 내 생애 이처럼 아름다운 날, 또다시 올 수 있을까요~]

얘는 컬러링이 이선희의 인연인가? 엄청 고전인데 아무

래도 '죽은 자'라는 데스 나이트가 된 삶에 감정 이입을 해서 일지도 모르겠군.

그러고 보니 내가 얘한테 전화한 것도 생전 처음이네! 어쨌든 전화 좀 받아라, 이 녀석아! 하는 순간 컬러링이 끊긴다.

(…….)

"저, 있잖아. 세연아?"

뚜… 뚜…….

끄, 끊었어? 이거 봐라! 음! 이거 단단히 삐친 거 같은데?

확실히 내가 상처 입은 사실에 죄책감을 가지지 않도록 하기 위함이었지만, 다른 의미로 세연이를 상처 입히게 된 셈이다.

이거 직접 찾아가야 하긴 할 텐데 아, 맞다. 밴드 있었지.

난 인터페이스를 열고 밴드 정보를 열어 본다. 적어도 한국 내에는 던전 지역 말고는 크로니클에 지역 등록이 되어 있어서 어디 있든 대략적인 위치가 나타난다.

쇠돌이 - 드래고닉 레기온 한국 지부 1층

모드레드 - 비공개 설정입니다.

레저스 - 드래고닉 레기온 한국지부 1층

엔젤 오브 루인 - 드래고닉 레기온 한국 지부 3층

은랑 - 드래고닉 레기온 한국 지부 3층

간달프 - 신서울 6번 구역 청룡아파트

엘로이스 - 드래고닉 레기온 한국 지부 1층

이 녀석, 자기 위치에 대한 걸 비공개로 걸었군. 그럼 이제 이걸 어떻게 찾지? 숙소에 남아 있을 이유가 없을 텐데 나가서 찾아야 하나?

하아, 가뜩이나 피곤한데 말이지. 이거 귀찮은 아가씨구만. 이라고 생각하는 순간 내 고민을 읽은 듯 엘로이스 씨가 무언가 주문을 시전하기 시작한다.

"〈액티브-언데드 추적〉."

'현마 녀석은 저런 거 안 쓰던데? 아, 저거 퇴마 스킬 트리의 기술인가?'

"찾았습니다. 이 건물 옥상에 있군요. 내키지는 않았지만 이런 심려거리를 두고는 주인님이 쉴 수 있을 거 같지 않았기에 신속히 찾았습니다."

"고마워. 찾으러 가 볼게!"

대놓고 내키지 않는다고 하네. 역시 데스 나이트와 크루세이더의 상성 문제려나? 세연이도 엘로이스 씨를 싫어하는 눈치고, 엘로이스 씨도 세연이를 내켜 하지 않는 걸 보면 그렇긴 한 거 같다.

어쨌든 세연의 위치를 안 나는 곧장 옥상으로 향했고, 거기엔 엘로이스 씨의 말대로 그녀가 있었다.

"찾았다."

"……."

휘이이이이이잉…….

저 녀석은 야밤에 무슨 차림이야? 세연이는 알몸에 와이셔츠 한 장만 걸친 모습으로 옥상의 난간에 걸터앉아 있었다.

아, 아니, 여긴 4층 높이인데 쟤는 무섭지도 않나?

달이 밝은 밤. 찬바람을 맞으며 걸터앉아 있는 세연의 모습은 밤의 여신같이 아름다웠다. 하지만 그녀는 내가 다가와도 전혀 신경 쓰지도, 돌아보지도 않았다.

"야, 오면 대답 좀 해라."

"왜 온 거예요? 어디서 귀여운 여자애 물어서 즐기시고 있던 거 같은데……."

"즐기긴 뭘 즐겨. 그거 엘로이스 씨가 장난친 거야."

"그러면 전화도 안 받고 뭘 하고 있었는데요?"

뭐하긴 치료받고 자고 있었지. 하지만 여기선 둘러대야 하나? 어쨌든 크로니클에 간 건 사실이니까 그 부분으로 이야기해서…

"크로니클에서 좀 일이 있었어. 미안, 그 이상은 비밀이야."

"흐음~ 그럼 엘로이스 님이랑 했어요? 사무 다 보고 나니까 둘만 없고, 지부용 차량은 나가 있으니 둘이서 밀회를 즐기러 가신 거 같던데. 그 이상한 여자 목소리, 속이려 해도 엘로이스 님인 거 이미 눈치챘어요."

하긴 뭘 해! 그나저나 그런 애교 돋는 목소리로도 구별해낸 네가 더 무섭다야. 그리고 말이지. 난 한다면 무조건 미현 누님한테 동정 떼이고 싶다고! 아, 물론 이런 소리 하면 역효과 날 테니 우선은 앞의 밀회부터 부인한다.

"아냐, 그 메이드 아가씨랑은 그런 사이 아니야. 그 말한 건 맞긴 하지만 아마 너 약 올리려고 그런걸걸?"

"그럼 어디서 뭘 하셨는데요?"

"그건 기밀이라서 말이야."

"세연이를 더 이상 화나게 하지 마세요."

뭐야? 이 녀석, 진짜 화났나? 지금 날 돌아본 그녀의 눈빛은 푸른 불꽃으로 타오르고 있었다.

와, 이게 데스 나이트의 진면목인가? 아마도 이건 화가 났다고 하기보다는 울고 있다고 보는 게 좋을 거 같았다.

이미 '죽은 자'이기에 눈물도 흘리지 못하고, 어조도 무감정했지만 그 타오르는 눈빛에서 그녀의 마음이 말하는 모든 감정을 읽을 수 있었다.

"제가 정말 아무것도 모른다고 생각해요? 아저씨?"

이미 여름에 접어든 7월 초의 날씨인데… 난 오한을 느끼고 있었다.

"큭!"

순간이었지만 완전히 세연이에게 쫄았다는 사실이 나 스스로도 놀라웠다. 이 애, 이렇게 무서웠나? 달빛 아래에서 앉아 있는 모습이 완전 여왕님 포스였다.

당장이라도 무릎 꿇고서 빌어야 할 포스였지만, 난 태연하다는 듯 무표정으로 바라본다. 그래, 태연히 말하자.

"알긴 뭘 아십니까? 제가 그 정도에 쫄 거라 생각한다면 오산입니다."

"아저씨, 무서우면 존댓말 나오는구나?"

"아, 아냐! 흥! 세연이 따위 하나도 안 무섭습니다!"

나도 모르게 한 걸음 뒤로 주춤하자 세연이가 나에게 다가오기 시작한다.

이거 괜히 왔나? 내가 레벨도 더 높고, 완력도 높은데 왠지 모르게 쫄아 버린다는 건 내가 무언가를 속이고 있다는 걸 스스로 말하는 거나 똑같았다.

세연은 날 똑바로 바라보면서 말한다.

"늘 말하지만 난 아저씨가 정말 좋아."

"가, 갑자기 무슨 소리냐?"

"그리고 난 아저씨와 나란히 걷고 싶어. 서로 돕는 건 좋지만, 일방적으로 보호만 받는 건 싫어. 내가 화난 이유는 언제까지고 날 어린애 취급 하지 말라는 거야."

에휴, 어린애 맞는데? 겉모습이야 예쁘고, 키도 크고, 잘 빠진 몸매이긴 하지만 엄연히 16세. 그리고 교육소에서 나온 지 고작 한 달 반짜리 적합자였다. 난 그런 그녀를 오늘 충분히 배려해 줬고 말이다.

근데 얘는 벌써 땅에 걷지도 못하는 게 하늘을 날려고 생각하고 있다.

"주제 좀 알아. 이제 막 적합자 생활 한 달 반밖에 안 됐어. 오늘 처음 메인 탱커 맡다가 실수도 한 녀석이면 적어도 적합자 분야에선 내가 보기엔 완전 어린애다. 이 작고 귀여운 세연땅아!"

"그럼 그렇게 어린아이면 동침도 거뜬히 할 수 있겠네? 세연땅은 밤이 무서워서 오라버니랑 같이 자고 싶어요오~ 그럼 이대로 같이 들어갈까? 아저띠~ 목욕시켜 주떼여~"

미치겠다. 사랑에 눈이 멀면 이렇게까지 되는 건가? 어느새 앙증맞게 두 주먹을 쥐고 뿌잉뿌잉 포즈로 나에게 말하는 세연이었다.

아니지! 나도 미현 누님 좋아하는데 저런 짓을 할 용기가… 음, 귀엽다고 좋아해 주시려나? 아니지, 이런 눈매를 가진 사내놈이 그딴 짓하면 오히려 비호감이나 살 테니 생각을 말아야… 가 아니라!

"하아~ 적당히 해라. 나 그런 거 별로 안 좋아하니 집어치워."

"응. 그건 그렇고, 아저씨, 오늘 제대로 못해서 정말 미안해."

더 이상의 추궁은 멈춘 건가? 아무래도 지금 그 부분으로 공방을 벌여 봐야 감정만 상할 거라는 걸 알아차린 거 같다. 정말 대견한 녀석이다.

"흥, 알면 잘해라. 메인 탱커 처음이었지? 어땠냐?"

"엄청 힘들었어. 같은 탱커라곤 해도 누군가의 등을 보고 가는 거랑 내가 앞장서는 거랑은 차이가 크더라."

일단 감정적인 부분은 어느 정도 해소되었는지 이젠 그녀와 나란히 옥상에서 앉아 대화할 수 있게 되었다. 녀석은 알몸에 와이셔츠 한 장이었지만 데스 나이트라서 추위를 타지 않았고, 나는 여전히 제복 차림이었으니 말이다.

"등을 보든 안 보든 탱커가 힘들긴 힘들어. 부상도 많고, 다치기도 쉽게 다치지. 진서 형님도 오늘 다쳐서 왔더라."

"아… 그 음침한 아저씨?"

"그래, 포지션 시프트에 각 클래스 능력은 좋았지만 단점을 팀에서 해소를 못했지. 후우~ 아무래도 2팀보다는 우리 쪽에 붙이는 게 나을 거 같아. 어차피 난 지부장으로 따로 일도 다녀야 하니……."

"다른 일?"

난 일단 1팀의 소속이지만 레벨이 상위인 데다가 지부장으로서 다녀야 할 곳이 많았기에 자주 빠지는 편이다. 애초에 내 레벨은 1팀의 평균 레벨을 엄청 상회하고 있어서 굳이 같이 가서 경험치나 쪽쪽 빨아먹을 필요도 없다. 그 녀석들 레벨이 30레벨 후반 정도가 되면 모를까?

"어. 영국도 자주 가야 하고, 마스터 명령으로 방송이랑 광고 좀 찍어서 길드 인지도랑 이미지 개선 좀 하라는 건 알지? 그리고 방송사랑 협의도 네가 했으니 알잖아."

"응. 제일 좋은 프로그램들부터 우선적으로 잡아 놨어. 2박3일, 무제한도전, 너네동네체육회 등등……."

몇개나 잡은 거야? 내 몸이 몇개나 되는 줄 아나? 하아~ 한동안은 이제 방송 출연하느라 던전 못 다니겠네.

그래도 이것도 한동안일 뿐이다. 길드 이미지 좀 나아지고, 탱커에 대한 입지만 괜찮아지고 1팀, 2팀의 레벨이 40 중반에 접어들면 나도 이제 본격적으로 던전을 돌면서 레벨 업을 해야 하니 말이다.

"어쨌든 일단 진서 형님을 1팀으로 옮겨 올까 생각해. 그나마 넌 나 따라다니면서 탱커 감각은 익혔으니까… 경험 있는 상연이는 자기 방식이 딱 틀어박혀 있어서인지 안 맞는 거 같더라. 탱커 하나 더 뽑아야겠군. 뭐, 지원은 나름 빵빵하니까 말이지. 대신에 내가 해외 출장도 뛰러 다녀야겠지만."

"해외 출장?"

"드래고닉 레기온 다른 간부들이랑도 친해져 놔야 하니

까. 마스터 지크프리트가 길드 단위 레이드에도 참석해 달라고 해서 말이야."

해야 할 일이 산더미다. 차라리 나도 이 녀석이나 진서 형님처럼 일반 길드원으로 남았으면 던전만 돌고 비번엔 쉬고 할 텐데, 지부장이라는 직책이 괜히 있는 게 아니니 말이다. 이젠 정말 대단한 사람에 귀하신 몸이 되어서 어디든 달려간다는 의미였다.

"그럼 나도 아저씨 비서로 다니면……."

"넌 레벨 업이나 하세요, 이 아가씨야. 너넨 우선 한국의 그랜드 퀘스트부터 깰 생각이나 해. 흐음~ 어쨌든 가까운 시일 내에 가장 먼저 해야 하는 건 새로운 탱커를 뽑는 건가?"

2팀의 팀장인 아머드 나이트 정상연이 자신이 다루기엔 까다롭다고 말한 상태다. 뭐, 놈도 자기 스타일이 있을 테니 존중해 줘야 하는 게 당연하고, 그럼 새로운 탱커를 뽑는 게 나으리라.

보자, 내일 당장 2팀 사무실로 가서 공고 내라고 해야겠군. 그나저나 이렇게 되면 1팀에 탱커만 셋인 데다가 중갑을 입는 캐릭이 셋이 되어 버리니 곤란해지네.

"나랑 너랑 진서 형님 셋을 같이 뭉쳐 두면 장비 배분에 문제가 생기는군."

"아니, 아저씨, 우리 길드 엄연히 '기사단' 길드라서 중갑

아이템들은 본부에 넘쳐흐르잖아. 그냥 본부에서 돈 주고 사면 되는걸? 뭘 그렇게 고민해?"

"어, 어쩔 수 없잖아. 매뉴얼에서 장비 배분도 생각하라고 했단 말이야."

그리고 던전에서 자기 손으로 장비를 얻고, 스펙을 업그레이드 하는 재미도 다르다고. 획득 아이템 목록을 보는 그 기쁨을 어찌 모르냐!

아! 획득 아이템 하니까 생각났다.

"오늘 좀비 드래곤으로부터 얻은 아이템 리스트, 어디 저장했냐?"

"아저씨 메일로 보내 놨어. 근데 별거 없어. 드롭한 게 희귀 아이템 2개가 끝이야. 그리고 소재도 스켈레톤의 뼈, 박쥐 날개, 좀비의 이빨. 아! 용의 뼈 3개 떴다."

"용의 뼈는 소재 중에서도 가장 귀하니까 따로 모아 놔. 좀비 드래곤도 엄연히 드래곤이니까 나올 거 같더라. 그래서 아마 아이템이 적게 떨어지는 걸 거야. 그리고 애들 레벨은?"

"신입들 둘만 딱 16레벨. 나머지 사람들은 변동 없음."

좋아. 레벨 업 속도는 괜찮다. 이 추세면 이번 주 안에 20레벨은 찍겠군.

남은 문제는 이제 진서 형님인데, 일어나면 개인적으로 이야기를 해 봐야겠다. 혹시나 던전에서의 임무가 어려워지면 던전팀이 아니라 데몬 블레이드 배상진과 같은 보안 겸 PVP팀으로 옮길 수도 있으니 말이다.

“휴우, 어쨌든 이걸로 대강 닥친 문제들은 해결되었네. 슬슬 들어가서 자야겠다. 나도 오늘 많이 피곤했거든.”

“아저씨.”

“또 왜?”

“나 반드시 강해질게. 강한 탱커가 될 거야.”

녀석, 그래도 첫 메인 탱커를 하고도 저리 강하게 마음먹은 걸 보니 조금은 안심이 된다.

보통 탱커 일을 하는 적합자들은 하기 싫은데 어쩔 수 없이 하는 경우가 많고, 두려워하는 경우가 대부분인데 그래도 이 녀석은 그런 후유증 없이 당당한 눈빛으로 나에게 이야기하고 있었다. 아니지, 어쩌면…….

“그리고 아저씨보다 레벨 올려서 당당히 아저씨를 보쌈할 거야. 그래서 한적한 던전으로 가서 세연이 없이는 살 수 없는 몸으로 만들어 버릴 거야.”

“정말 산뜻하게 미친 욕망이라서 말이 안 나오는구나.”

“아저씨 컴퓨터에 있는 게임에 이런 게 있던데? 뭐더라? ‘최면 그녀’랑 ‘햇살 속의 리얼’이라던가? 또…….”

“내가 잘못했다. 가서 당장 그런 거 지울 테니, 그러지 마라.”

절대로 이 녀석보다 레벨 뒤처지면 안 되겠다고 결심한다.

어느 날 눈을 떴는데 어두운 지하실에서 사슬에 묶인 채로 '아저씨는 세연이가 평생 지켜 줄게♡' 하는 모습은 죽어도 보기 싫으니 말이다.

어쨌든 시간도 늦었고, 난 이제 엄연한 직장을 가진 놈이기에 내일도 일하기 위해서 들어가 자야 한다.

"난 이제 시간도 늦었으니 먼저 들어간다. 넌 뭐 안 자도 되니까 알아서 해라."

"응. 아저씨 잘 자~ 내 꿈꿔."

"우와, 그거 언제 적 드립이야? 참내, 그걸 네가 아는 게 신기하다."

아주 식상한 드립을 들은 이후 난 내 방으로 향한다.

숙소 지역은 바로 옥상 아래 3층. 모두 개인 방으로서 방수는 총 40개. 호텔의 로비 같은 구조로 특별히 신경 써서 만들었다고 한다. 개인용 도어락과 등록 시 지문 인식까지 하는 보안 시스템이 달려 있다.

후~ 일단 자야겠다. 세연이 문제까지 해결하자 급격히 잠이 몰려온다.

강철이 돌아가서 잠이 들었을 무렵, 세연은 여전히 혼자 옥상에서 하늘을 바라보고 있었다.

어떻게 하면 아저씨가 자신을 제대로 여자로 보아줄까 고민하고 있었는데… 등 뒤에서 인기척이 느껴져 돌아보니, 메이드 복을 입은 플래티넘 블론드의 미녀가 자신을 노려보고 있었다.

"……."

"후훗, 안 주무시나요?"

"잠들 수 없는 몸인 거 알 텐데요?"

"저라면 푸욱 쉬게 해 드릴 수도 있는걸요?"

섬뜩한 엘로이스의 말에 세연은 당황한다.

상대는 대 언데드에 특화된 '퇴마' 스킬을 주류로 찍은 72레벨의 크루세이더다. 27레벨 데스 나이트인 그녀의 완벽한 상극 적합자였다. 그녀가 마음먹으면 세연은 1초도 안 걸려서 재가 되어 사라질 것이다.

"아, 물론 농담이랍니다. 같은 밴드 사람에겐 공격 스킬은 사용 불가니까요. 후후……."

"남의 생명을 가지고 농담이라니, 상당히 질이 나쁜 사람이네요."

"어라? 당신에게 '생명'이라는 게 있으신가요?"

"시답지 않은 농담하러 온 거면 돌아가시지요."

엘로이스의 도발에도 세연은 침착하게 대응한다. 하지만 모욕받은 것에 대해서 감정이 상했는지 눈에는 푸른빛이 강해져 있었다. 엄격히 데스 나이트인 자신을 모욕하는 말투였기 때문이다.

'이 여자, 처음부터 마음에 안 들었는데… 역시나!'

"알겠습니다, 데스 나이트. 주인님에 대해서 몇 가지 여쭈고 싶어서 온 겁니다."

"아저씨에 대해? 그러고 보니 당신, 아저씨에게 단순한 메이드 이상으로 달라붙던데, 무슨 꿍꿍이가 있는 거지?"

"예? 꿍꿍이라니요?"

데스 나이트라도 사라지지 않는 것이 바로 여성의 감이다.

한국에 와서부터 아저씨를 바라보는 이 여자의 감정은 보통 직업적으로 만나서 어울리게 된 사무적인 관계의 시선이 아니었다. 기본적으로 품는 관심 이상의 시선. 그 방향이 어떤 것인지는 몰라도 적어도 절대로 처음 만난 사람에게 있을 수 없는 시선이었다.

그렇다면 둘 중 하나다. 진짜로 동경, 애정과 같은 호의 아니면 별도의 꿍꿍이 같은 목적이 있어서 품는 깊은 관심. 세연이 예상한 건 후자였다.

'저 여자는 온 지 얼마 되지도 않았는데 아저씨에게 보통 사람이 가지는 호감 이상의 관심을 보이고 있어. 즉, 무언가 꿍꿍이가 있는 게 확실해. 사실 우리 아저씨를 보고 한눈에 반하는 건 말도 안 되잖아. 저런 미인에 정숙하고 깐깐해 보이는 영국 메이드가, 남여 안 가리고 입만 열었다 하면 쌍욕을 거침없이 하고, 컴퓨터 안에 맨날 이상한 여자만 나오는 야한 게임 잔뜩 깔아 두고 실실거리는 데다가 툭하면 치킨만 우적우적 먹는 짐승 같은 아저씨를 좋아하는 게 말이 되냐고. 뭐, 외모는 나쁜 편은 아니지만 그래도 그 스트레스와 습관으로 날카롭고 사나워 보이는 눈매 때문에 인상이 확 나빠져서 좋을 이유가 없을 텐데…….'

강철이 들었다면 분명 울었을 가차 없고 정확한 판단을 내리는 세연이었다. 고로 이 여자는 강철에게 무언가 목적이 있어서 온 게 분명했다.

그녀의 말을 이해했는지 엘로이스는 잠시 생각하더니 손뼉을 치면서 미소와 함께 말한다.

"흠, 그러네요. 꿍꿍이라~ 있긴 있죠. 앞으로 주인으로 평생을 모시는 것이 목적이라면 목적이네요. 후훗……."

"그거 진심인가요?"

"진심이랍니다."

"마, 말도 안 돼. 거짓말."

"왜 거짓말이라고 생각하는 거죠?"

세연은 완전히 당황한 표정이었다. 이 메이드가 진심으로 말하는 것이 놀라웠기 때문이다. 그녀의 눈을 바라봐도 진심이었고, 여자의 감도 맞다고 긍정하고 있었기에 인정할 수밖에 없었다.

오히려 당당하게 역으로 질문하는 엘로이스의 태도에 할

말이 없어진 세연이었다.

"왜, 왜냐니요? 당신, 아저씨랑 만난 지 얼마나 되었다고?"

"시간의 문제입니까? 그러면 그건 지금부터 채워 나가면 되겠군요."

"그 전에 당신은 원래 드래고닉 레기온 본국 소속 아닌가요?"

"이미 지부 이전 완료했고, 모든 자산은 돈으로 바꾸어서 저축해 두었습니다. 앞으로 이곳에서 평생 살 겁니다."

"아, 아니, 본업이 메이드라는데 원래 근무하고 있는 곳이 있잖아요. 그곳의 고용주가 있을 텐데?"

"메이드라곤 해도 고용과 계약의 관계이고, 메이드도 그 성심을 다할 주인을 고를 권리가 있지요. 그런 의미에서 강철 님은 제 이상에 딱 맞는 분이었습니다."

달빛만이 비치는 어두운 곳에서도 잘 보이는 세연의 눈에는 얼굴을 붉힌 채 시선을 돌리며 부끄러워하는 엘로이스의 얼굴이 확실히 들어왔다.

아니, 도대체 어째서 강철 같은 사람을 주인으로 선택한 것일까? 의아해하는 게 당연했다(물론 본인이 들으면 한없이 기분 나빠하리라).

"대, 대체 왜?"

"그러니까, 처음 보았던 게 아마 그레이트 바실리스크 레이드 영상이었나요? 거기서 불굴의 탱킹하다가 교대하고 난 뒤 브레스가 본진에 돌아와서 진형이 무너졌을 때 망설임 없이 나아가던 모습은 정말 잃어버린 신화를 찾은 느낌이었어요."

'아, 이 사람, 우리 레이드 장면 봤구나!'

엄연히 같은 길드 사람이니 못 볼 것도 없지만, 그로 인해서 아저씨에게 호감이 쌓이기 시작했다는 사실 때문에 놀란 세연이었다.

그리고 이 메이드, 점점 흥분의 궤도가 올라가는 동시에 발언 수위도 점점 올라가기 시작했다.

"가장 감명 깊었던 장면은 바로 당신이 도발을 사용할 때, '도발하지 마! 입 닥쳐!'라고 BADASS처럼 말리던 그 모습은… 하아~ 수많은 탱커의 힐을 해 본 힐러로서, 그런 불굴의 마음을 겸비한 탱커는 이상적이라고 말할 수 있죠. 그러니 힐러로서도 강철 님은 이상적인 탱커입니다. 역시 '저거노트'라고 해야 할까요?"

"그건 적합자로서만의 마음이잖아."

"예. 탱커도 마음에 드는 힐러를 택하는 것처럼, 힐러 또한 마음에 드는 탱커가 있기 마련이죠. 그리고 이제 그의 인간적인 면모를 확인하기 위해서 직접 와서 생활해 봤습니다. 적합자 탱커들은 스트레스가 심하기에 사이코적인 취미라든가 살아남기 위해서 스캐빈저들 이상으로 비열해지는 경우가 있지요."

'아, 이거 알 거 같다.'

강철 또한 스캐빈저를 죽이는 데 가차 없고 비열했다.

지금 보안팀에 있는 배상진은 과거 스캐빈저 헌터인 전적이 있었다. 그리고 보통 탱커들은 극심한 스트레스와 정신적 외상으로 인해 거칠고, 진짜 가끔 사이코적인 취미로 스트레스를 풀려고 하는 작자들도 있어서 위험한 경우도 많았다.

"하지만 강철 님은 언동은 다소 거칠지만 정확한 사리분별과 책임감을 겸비하셨지요. 거기다 행동은 무언가 야생동물 같은 면이 있어서 보듬어 주고 싶다고 해야 하나요? 제 몸 안에 평생 깃든 메이드의 욕구가 이 사람을 돌보고 싶다고 난리라고요. 아, 챙겨 주고 싶어. 돌봐 드리고 싶어. 그리고 보면 볼수록 매력이 넘쳐 나는 주인님인 거 있죠?"

"매력이 넘치는 건 동감하는데……."

"그분은 뭐라고 해야 할까요? 보살핌을 받기 위해 태어났다고 해야 하나요? 그래요. 맞아요. 고독하고 노련해 보이지만 사실은 정에 굶주린 야수라고 해야 할까요? 평소에는 으르렁대면서도 주무실 때 제가 쓰다듬어 드리면 기분 좋은 얼굴을 하면서 '우우웅…….' 하는 갭이 얼마나 귀여운지 모르겠다니까요."

"확실히 아저씨, 평소에는 으르렁대고 화만 버럭버럭 내면서 자는 모습은 영락없는 소동물이지. 코도 거의 안 골고, 손가락으로 입술 같은 데 만지면 '끄응끄응'거리는 게 귀여워서 그대로 껴안아 버리고 싶을 정도야."

강철 본인이 들었다면 소름이 아니라 정조의 위협을 느꼈을 막장 토론을 나누는 두 사람이었다. 이런 건 보통 만화나 게임에서 두 여자가 한 히로인에 대해서 떠드는 경우가 보통인데 말이다.

그리고 그렇게 한창 떠들고 나서야 자신들이 무슨 짓을 하는지 눈치챈 두 여성이었다.

'나, 나도 모르게 그만 아저씨에 대한 주제로 저 메이드 성기사랑 떠들어 버렸어.'

'흠… 저도 모르게 죽음의 기사랑 이런 대화를 나누게 될 줄이야. 하지만 주인님의 다른 매력을 알게 돼서 이득이네요. 그리고 이 소녀도 주인님에 대해 오랫동안 연정을 쌓아왔다는 걸 알아냈군요.'

'어쨌든 이 여자는 위험해! 도대체 아저씨는 뭘 하기에 미래 언니, 미현 언니, 성아에 세르베루아 님도 모자라서 이런 메이드까지? 혹시 이거 저거노트 클래스에 매력 보정이라도 있는 거 아닌가 조사를 해 봐야 할지도. 생각해 보면… 아!'

과거 신화와 전설의 괴수들은 수많은 미녀를 납치하거나 꾀어낸 전적이 무수히 있었다. 용사님이 마왕뿐만 아니라

사악한 용과 괴수의 손에 잡혀 있는 미녀와 공주들을 되찾는 클리셰는 흔했으니 말이다.

저거노트의 클래스 기반이 괴수라는 점을 보면 그가 미소녀와 미녀들만 꾀어내는 원인을 짐작할 수 있을까? 라는 가설을 생각해 봤지만…

'말도 안 되는 이야기네. 그게 만약 사실이라면 미현 언니가 가장 먼저 넘어갔어야 할 테니까!'

크로니클에서 근무하는 김미현 탱커 창구 담당.

강철이 좋아하는 여성으로 진작 눈치채고 있었다. 아니, 솔직히 대놓고 꼬리를 흔들고 헐떡대는 데 눈치 못 채는 여자가 바보인 거지.

그는 남들에게 안 들켰다고 생각하고 있기에 배려해 준 것이다. 만약 저거노트 클래스에 매력 보정과 같은 게 있다면 진작 그 사람과 연인 관계가 되었어야 정상이다.

'아무튼 더 이상 안 늘어나기를 빌어야 하나? 아저씨는 자기가 하는 행동에 대해 자각이 없는 게 더 무섭다니까…….'

"음, 그러면 저희가 싸울 이유가 없는 거 같은데요?"

"무슨 소리지?"

"세연 양은 주인님의 애인 자리를 원하시는 거 같은데… 저는 거기엔 관심 없답니다. 전 주인님의 메이드로 평생을 모시고 싶을 뿐이니까요. 그러니, 동맹은 어떤가요?"

포지션을 통한 영토 협정과 동맹을 제안하는 엘로이스

였다.

히로인으로서 인정을 할 테니 메이드의 자리를 방해하지 마라는 그녀의 제안. 마치 독. 소 불가침 조약을 맺는 듯한 비장한 모습이었다.

사실 상식적으로 생각해 봐도 나쁘지 않은 제안처럼 보였지만…

“한국의 유명한 언데드 흑마법사가 남긴 명언이 있어. 여기서 인용하면 좋겠네. ‘C-FOOT, 내가 입찰한 아저씨에게 상위 입찰하지 마라.’”

“흐음~ 제 제안이 그리 마음에 안 들 부분이 있었나요?”

“당신, 생각보다 악질이네. 날 얼마나 비참하게 만들려고 했던 거야? 내가 데스 나이트인 거 알고 그런 소리 한 거야?”

데스 나이트의 패시브-죽은 자. 이미 죽은 몸이다.

만약 강철과 연인이 된다고 해도 그의 아이를 낳을 수 없고, 결코 행복한 가정을 꾸릴 수 없다. 저 메이드는 그걸 알면서 자신에게 연인의 자리 어쩌구저쩌구 한 것이리라. 더욱 분노가 치솟는 세연이었다.

따지는 듯한 세연의 말투와 눈빛을 받으면서도 엘로이스는 미소를 잃지 않고 대답한다.

“후훗, 그거 아시나요? 제가 왜 힐러로서 비효율인 걸 알면서 퇴마 스킬 트리를 타게 되었는지 말이에요. 대재앙 시기, 유럽 쪽에서는 특히 각국의 전승 덕인지 뱀파이어, 좀비, 구울, 해골 병사, 리치와 같은 언데드 몬스터들이 즐비했답니다. 그리고 그 몬스터들 중에서 가장 무서웠던 건 뭔지 아세요? 유럽 쪽에서 가장 많은 사상자를 부른 몬스터 말이에요. 이미 짐작하시겠지요? 후훗, 네. 바로 당신과 같은 데스 나이트랍니다. 대략 집계만 해도 사상자가 천만은 될걸요?"

해맑은 어조에 미소를 짓고 있었지만 완벽히 증오가 묻어나오는 말투였다.

세연은 할 말을 잃은 채 엘로이스의 말을 듣고 있었다.

엘로이스는 세연의 코앞에 다가와 그녀를 노려보면서 말한다. 상냥한 미소였지만 눈만큼은 웃고 있지 않았다.

"……."

"지금도 잊을 수 없네요. 새까만 갑주에 붉은 눈빛을 한 나이트메어 호스를 타고, 푸른 불꽃이 빛나는 눈빛을 한 채 사령술, 검술, 마법을 사용하며 사람들을 죽이던 그 모습을 말이에요. 후훗, 당신은 유럽 쪽에 안 오는 게 좋을 거예요. 데스 나이트인 거 알면 찢어 죽이려 들 테니까요. 정말로 강철 님이 제 마음에 쏙 들지만 않았으면 당신은 지금쯤 잿더미가 되었을 거예요. 제가 그분이 슬퍼하는 모습을 보고 싶지 않은 것을 다행으로 여기세요. 기껏 마음에 쏘옥 든 사랑스러운 주인님인데 미움 받고 싶지 않거든요. 그러니 주제를 좀 아시지요."

짜악!

그리고 멍해 있는 세연의 뺨을 강하게 후려친다.

레벨과 완력의 차이 때문인지 세연은 힘없이 바닥에 널브러졌고, 깜짝 놀라 엘로이스를 올려다본다. 하지만 그녀는 전혀 개의치 않다는 듯 눈을 마주친 채 치마에서 손수건을 꺼내 닦으며 말한다.

"자비를 베풀고 있는 게 누구인지 이제 아시겠습니까? 그럼 전 이만 들어가지요. 내일도 주인님의 시중을 들어야 해서……."

"당신… 절대 후회할 거야."

"후훗, 당신이 뭘 하든 상관없답니다. 그럼 좋은 꿈꾸시길."

일부러 잠 못 드는 세연에게 꿈까지 꾸라고 말하며 엘로이스는 물러난다.

세연은 그제야 자신의 무력함을 깨닫는다. 자신이 얼마나 어린아이이고, 아저씨에게 지켜지고 있었는지까지 모조리.

그녀는 차가웠던 자신의 몸에서 아저씨를 향한 애정 말고 또 다른 것이 불타오름을 느낀다.

이미 뛰지 않는 심장, 아니 마음이 찢어질 거 같은 이 분함. 불타오르는 이것은 바로 '증오'였다.

페이즈 7-5

우린 꽃을 원한다

다음 날.

드래고닉 레기온 한국 지부.

어제 던전을 다녀왔으니, 오늘은 길드 전체가 정비의 시간이다.

상처의 치유, 아이템의 정리, 던전 보고서 작성, 보급품 보충 등등 던전만 다녀오는 게 일이 아닌 길드의 업무였다.

사무실은 던전1팀, 던전2팀, 보안팀, 본사 연결팀, 지부장실 총 5개뿐이었다.

거의 스포츠센터급으로 넓은 건물 내였지만 실제 근무하는 인원은 다해서 70명도 안 되었기에 엄청 한산한 느낌이었다.

드래고닉 레기온 던전 1팀 사무실.

팀장은 엄연히 강철이었지만 그는 지부장으로 전용 사무실에 가 있었기에 지금 이곳의 팀장 자리에는 세연이 앉아 있었다.

원래 무표정이라서 감정이 드러나지 않는 인상이었지만 오늘은 무슨 일이 있었는지 표정이 더 진지해 보였다.

같은 팀에 속한 딜러인 은랑과 성아는 각기 자리에서 업무를 보면서 세연의 그런 상태를 보고 의아하게 생각하고 있었다.

"무슨 일 있었나?"

"모른다."

"그런데 은랑 군은 보고서 다 썼어?"

길드에 속한 자들은 관리가 깐깐하기에 매번 던전을 들어갔다 나오면 자기 신고 겸 보고서를 쓴다.

그것은 최고 말단인 딜러 두 사람도 마찬가지. 레벨 업, 사용한 물자의 양, 남은 스킬 포인트, 새롭게 익힌 스킬 등을 보고함으로써 적합자 파티원의 전력을 효율적으로 관리할 수 있는 것이었다.

유성아는 이미 다 쓰고, 자신의 클래스에 관련된 공부를 하는 중으로 주로 탄도학 및 수학 공부를 하고 있었다. 그러면서 입사 동기라고 할 수 있는 은랑을 챙겨 주고 있었는데, 그는 보고서는 쓰지도 않고 컴퓨터로 이상한 걸 보고 있었다.

[늑대들은 무리를 지어서 사냥 중이며…….]

"안 했다."

디스커버리 채널에서 나오는 늑대의 생활 다큐멘터리를 아주 진지한 얼굴로 보고 있어서, 잘생긴 마스크와 조합하니 멀리서 보면 그가 아주 진지한 회사 일을 하는 엘리트로 보일 정도였다.

하지만 현실은 아직 던전 보고서도 쓰지 못하고 딴짓거리하는 농땡이 신입이었던 것이다.

"당장 끄고! 할 일부터 해! 바보야!"

"늑대는! 글 따위 쓸 줄 모른다!"

"허허허허! 젊음은 좋구만~"

코드 네임 간달프 서경학.

서포트형 스킬 트리를 짠 위저드로서 이번에 첫 던전을 돈 이후 제대로 정신을 차렸는지, 인터넷에서 유명 길드의 던전 파밍 영상을 찾아보고 있었다.

기본이 과학자였던 만큼 지식도 풍부하고 머리도 좋아서 자신에게 필요한 게 무엇인지 금방 파악하고 채워 나가는 중이었다.

보고서? 이미 다 쓴 지 오래다.

"허허, 근데 우리 팀은 힐러와 파티장이 별도의 사무실을 써서 그런지 한산하구만~ 옆에는 시끄러운데 말이지."

옆의 벽에서 소리가 울려오는 걸 들으며 감상을 말하는 서경학이었다.

✧ ✧ ✧

드래고닉 레기온 던전 2팀 사무실.

"그래서 지부장님과 상담 결과 저희 2팀에 새로운 탱커를 뽑고, 레저스 님은 1팀으로 간답니다. 그래서 신입 탱커를 뽑으라고 지부장님이 명했는데……."

"우리도 꽃이 필요합니다! 도련… 아, 아니, 팀장님!"

"레저스 님 결국 거기로 가는구나. 크, 부러워."

힐러 엘로이스, 원거리 딜러 유성아, 탱커 이세연. 한 명이라도 귀한 여성 적합자, 그것도 셋 다 각기 다른 매력을 지닌 미소녀들! 남자뿐인 2팀에서는 간절히 여성을 원하는 분위기였다.

생각해 보면 이제 2팀 인원 전부 공학계라서 생공돌이들! 적합자 이전에도 나름 이과의 적성을 지니고 있었던 지라 여성에게 제대로 말 한 번 못 걸어 본 불쌍한 청춘들이었다.

"그러니까 역시 무투가 계열 여성 탱커가 필요하다."

"닌자 탱커도 좋지 않을까? 미소녀 쿠노이치가 탱하는 거 보고 싶다능!"

"미친놈들아, 역시 이건 왕도적인 공주 기사가 최고지. 금발벽안거유 삼위일체! 하악! 하악!"

2팀장 정상연은 이런 파티원들의 요구를 어이가 없다는 눈초리로 바라보고 있었다.

우선 무투가 계열 탱커라면 딱 두 종류 '금강역사'와 '그래플러'뿐인데, 가뜩이나 탱커를 하려는 사람도 없고 존재 자체가 희귀한 데다가 여성이라는 조건과 예쁘다는 것까지 충족시킨다니…….

어떻게 하나같이 말도 안 되는 조건뿐이었다.

'그리고 닌자 탱커라니, 민첩탱을 이야기하는 건가? 아마 일본에 레어 클래스로 존재한다고 들은 거 같긴 하지만…….'

드래고닉 레기온 한국 지부는 영국에서 온 엘로이스 님 빼고 모두 다 한국인으로 구성해야 한다고 지부장인 강철이 못 박아 둔 터라서 일단은 무리. 게다가 그 레어 클래스인 자도 남자라고 소문이 나 있는 판이었다.

'그리고 마지막 공주 기사는 도대체 뭐지? 새로운 나이트 계열 레어 클래스인가? 아니, 공주면 공주고 기사면 기사지, 이 말도 안 되는 합성어는 도대체 뭐란 말인가?'

자기들끼리만 알아듣는 단어를 쓰는 걸 본 팀장인 정상연은 '이게 세대 차이인가?'라고 생각하며 한숨을 내쉰다.

어쨌든 자신의 팀원들의 요구는 죄다 들어줄 수 없는 것들뿐이라서 기각시키고, 다른 의견을 묻는다.

“일단 저희 팀은 공학계끼리 뭉친 팀이라서, 그 단점을 커버해 줄 탱커를 찾는 게 우선입니다. 그러니…….”

“미소녀! 미소녀! 미소녀!”

“목소리 버프! 미모 버프! 섹시 버프가 필요합니다.”

“여왕으로 모시고 무조건 지키겠습니다!”

답이 없다. 이 답답한 요구를 하는 놈들의 말을 들으니 머리가 아파 오는 정상연이었다.

이대로 이놈들의 말을 묵살해야 하는가? 아니면 팀의 조합에 상관없이 일단 여성 탱커를 찾아야 하나 고민하는 정상연을 보고 메디컬라이저이자 의료팀 담당인 허순이 보다 못했는지 일어서서 말을 하는데…

“그럴 거면 차라리 교육소에서 불러서 키우는 게 낫지 않냐? 기본 클래스에서 탱커로 갈 수 있는 타입이 많고, 아니면 1팀처럼 공학계 여자애를 데려와서 팀장님과 같은 아머드 나이트로 키우는 것도 나쁘진 않을 텐데요.”

“키잡! 키잡이라니!”

“순이 형 개쩐다. 역시 단순한 공학계인 우리랑은 생각의 차원이 달라!”

“아, 근데 아머드 나이트로 키우면 미소녀가 탱하는 맛이 안 나! 결국 메카닉 탱이잖아!”

"일단 교육소에 미소녀가 있는지부터 확인을 해야……."

이런 느낌으로 새로운 탱커에 대한 이야기가 어느새 산으로 가 버리는 던전2팀이었다.

정상연은 이 답이 없는 자식들의 난리에 머리가 아파 옴을 느끼고 한숨을 내쉴 뿐이었다.

지부장 사무실.

아침에 일어난 나는 진서 형님이 의식을 찾았다는 소식에 급히 그를 불렀다.

일단 다친 부분은 호흡와 입 쪽이라서 몸을 가누는 데는 문제없었지만 아직 우리 메디컬라이저가 레벨이 낮아서 제대로 된 재생 치료가 불가능했기에 현재 진서 형님은 스케치북 하나를 가져와 글을 써서 말을 대신하고 있었다. 말을 하려 하면 기괴한 호흡 소리만 난다고 한다.

〈죄송하네요, 대장님. 하하.〉

"뭐, 어쩔 수 없죠. 오늘 바로 크로니클 다녀오세요. 치료비는 공금으로 처리하면 되니까요."

〈예. 그보다 46레벨이면서 20레벨 던전에서 쓰러져서 정말…….〉

“에이, 실수할 수도 있죠. 탱커 일 원래 힘들잖아요.”

〈면목 없습니다.〉

“그보다 형님은 던전 돌아보고 뭘 느끼셨나요?”

〈내 클래스. 탱도 딜도 맘대로 안 되는 거지같은 클래스라는 걸 느꼈어.〉

후우, 아무래도 탱커 포지션이었다가 그 상태가 꺼지는 바람에 피해를 받아서 쓰러졌던 만큼 자신의 클래스에 대한 자신감이 확 떨어져 버린 것이리라.

이 경우 극심한 무력감에 빠지고, 뭘 해도 안 된다는 자괴감에 빠질 가능성이 높다.

이런 걸 어떻게 아냐고? 다 경험이다. 비단 이건 탱커만이 겪는 게 아니라 딜이 부족한 딜러, 아군을 살리지 못한 힐러 등등 적합자 전반에 걸쳐서 나타나는 현상이었다.

“음~ 그때 착용하셨던 아이템 세트 옵션 좀 보여 주세요.”

〈옵션? 별거 없는데…….〉

"아, 빨리요."

내 요구에 인터페이스를 열어서 나에게 보여 주는 진서 형님. 혼돈의 폭풍 세트 옵션은 이랬다.

〈혼돈의 폭풍 세트〉

2세트 옵션 : 다크 나이트일 때 힘이 1랭크 증가합니다. / 카오스 나이트일 때 체력이 8,000 증가합니다.

4세트 옵션 : 다크 나이트일 때 크리티컬 확률이 5% 증가합니다. / 카오스 나이트일 때 피해 감소가 5% 증가합니다.

6세트 옵션 : 다크 나이트일 때 마력이 1랭크 증가합니다. / 카오스 나이트일 때 방어력이 300 증가합니다.

8세트 옵션 : 다크 나이트일 때 공격 시 일정 확률로 바람 속성 데미지를 입힙니다. / 카오스 나이트일 때 일정 확률로 암 속성 데미지를 입힙니다.

특출 난 장점은 안 보이지만 그래도 준수한 세트 아이템. 기본 능력치도 좋은 영웅 등급이었다. 그래서 주문했던 것이지만, 지금 진서 형님의 사정을 보아선 그와는 맞지 않은 옵션인 듯했다.

“으음, 아이템을 바꿔서 세팅하죠.”

〈어떻게?〉

“형님, 탱커 위주로 갈 거예요? 딜러 위주로 가고 싶어요?”

〈탱커.〉

헤에~ 의외네. 탱커라고 대답할 줄은 몰랐는데?

어쨌든 답은 하나다. 두 가지 포지션의 전환을 강제로 해서 그 포텐셜을 제대로 못 써먹으면 아이템 세팅으로 한 가지 포지션을 억누를 수 밖에 없다.

즉, 전용 아이템 세팅을 버리고 확실한 탱커 옵션으로 도배된 세팅을 써먹거나? 아니면 딜러 옵션으로만 세팅이 된 공용 아이템을 차는 게 낫다는 뜻이다.

“그 사무실 짐 1팀으로 옮겨서 그럼 먼저 탱커 아이템 세팅부터 맞춰 봐요. 물리 데미지 감소, 마법 데미지 감소, 체력, 방어력만 다 붙은 아이템만 찾으세요. 모르면 세연이에게 물어봐도 되니까요.”

〈그게 무슨 뜻이야?〉

“간단해요. 그냥 다크 나이트 때도 탱이 되게 하거나? 카오스 나이트 때도 딜이 되게 하면 그만이잖아요. 그럼 강제 변신의 컨트롤이 뭐가 필요 있어요?”

강제 변신의 컨트롤을 어떻게 할 수 없다면 개별 포지션의 특성을 강화시켜 주는 전용 아이템을 버리고 한쪽의 손을 들어 주면 그만이다.

모든 아이템을 방어적으로 세팅해서 다크 나이트 때도 세미 탱이 되게 만들거나 아니면 아예 공격적으로 세팅해서 카오스 나이트 때도 딜이 나오게 하면 된다.

〈아하!〉

“물론 다른 한쪽 클래스의 효율은 떨어지겠지만 안정성을 찾고 싶으면 이렇게 하면 돼요. 아, 그리고 1팀으로 옮기는 거는 조합 상의 문제 때문에 옮긴 거니까 너무 마음에 두지 마세요. 제가 바빠서 함께하지 못할 때가 많고, 또 형님이 2팀의 아머드 나이트랑 상성이 안 좋거든요.”

〈어떻게 안 좋은데?〉

“아머드 나이트는 기본 방어 효율이 낮은 대신 생존기가 다른 탱커보다 많고 쿨 다운도 짧아서 그것들을 굴려 주면서 수동적으로 탱킹하는 타입인데, 형님도 탱킹 방식이 강제로 포지션이 변하는 문제 때문에 수동적이잖아요. 적어도 둘 중 하나는 퓨어, 혹은 안정적인 탱커가 있어야 하니까요. 그래서 바꾼 거예요. 그걸 알기 위해서 던전도 보내본 거니 이제 조합을 맞춰야죠.”

〈그렇구나.〉

어느 정도 사실이긴 했지만 그 수동적인 탱커끼리도 호흡을 맞추면 된다는 점을 난 일부러 감춘다. 이미 진서 형님을 1팀으로 데려오기로 결심한 점도 있고, 굳이 필요 없는 말을 해서 진서 형님의 자신감을 무너뜨려선 안 되었기 때문이다.

그러자 진서 형님은 고민이 해결이 되었는지 밝아진 얼굴로 사무실을 나간다.

“휴우~ 이걸로 일단락됐군.”

신입 탱커를 하나 더 받아야 하는 문제가 생기긴 했지만 그 문제는 2팀 팀장의 자율하에 맡겼으니 드디어 내가 할 일은 끝이다. 헤헤헤!

남은 일이라면 1, 2팀의 보고서가 들어오는 대로 정리해서 보내는 것뿐이니까~ 그러면 이 남은 시간에는 역시 사무실 컴퓨터로 미연시나 해야지.

"그동안 쌓인 신작이 너무 많으니까 삭삭 해 버려야지. 구헤헤헤……."

똑똑.

아, 씨, 뭐야? 이제 좀 쉬려고 하는 판인데?

노크를 하고 들어온 것은 플래티넘 블론드의 미녀 메이드인 엘로이스 씨였다.

뭐지? 이 불안감은? 이제 일 좀 해결해서 쉬려는 판에 그녀는 두꺼운 책 같은 것을 하나 들고 오더니 내 앞에 내밀면서 말한다.

"공부하실 시간입니다, 주인님."

"에?"

"제가 맡은 임무 중 하나는 주인님을 확실히 드래고닉 레기온의 간부에 어울리는 교양, 예의를 겸비하시게 하는 일입니다. 다음 일정은 신입 탱커 면접일과 방송, 광고, 강의 출연 등이 전부군요. 그럼 그동안은 던전에 따로 갈 일이 없으실 테니, 이 기회에 교육과 숙제를 드려서 효율적으로 일을 하도록 하겠습니다."

아무래도 난 쉴 수 없을 거 같았다.

아니, 탱커로서 쌓인 스트레스 푸는 거 정도는 봐 달란 말이야, 라고 반항하고 싶지만 지금은 엄연히 업무 시간이기도 하니까 나중에 퇴근하고 돌아가서 해야지, 라고 생각하며 난 엘로이스 씨의 강의를 듣기 시작한다. 이래저래 고생만 할 팔자구나~

'하아~ 오늘도 날이 화창하네. 내 앞날은 깜깜할 뿐이지만 말이야. 하하하하…….'

밝은 햇살이 비추는 세상 속에 나는 그늘 속에서 늘 고생하는 역할을 맡을 뿐이다.

그래도 그 짐을 짊어지고 갈 수 있는 건 나에겐 반드시 살아야 한다는 목적이 있기 때문이었다.

남들처럼 거창한 정의니, 소중한 것이니 따위가 아니라 그저 살기 위해서였다.

페이즈 8-1

중요한 건 돈이 아니야.
중요한 건 메시지지

오전 5시 35분.

드래고닉 레기온 한국 지부 지부장 사무실.

SBX 예능프로그램 〈맨 vs 런닝 : 뛰어야 살아남는다〉

적합자 특집! 대한민국 각 포지션, 요즘 화제의 적합자들이 모였다!

뭔 프로그램이 이래?

왜 굳이 방송에 적합자들이 나가는가 싶지만, 대재앙 이후 정부는 적합자들과 일반인들을 친숙해지게 만드는 프로젝트를 추진 중이었고, 방송사들은 특이한 능력을 지닌 이들의 모습을 보여 줌으로써 시청률 상승에 일조를 하는 윈윈 기획이었다.

적합자들도 방송에 나가면 출연료뿐만 아니라 이미지 상승을 포함해서 많은 이익이 있기에 적극 협조하고 있다.

그리고 우리 드래고닉 레기온 한국 지부도 길드마스터의 방침에 따라서 내가 방송에 출연하러 가게 된 것이었다.

"후우… TV 방송이라. 아예 처음인데 괜찮으려나?"

"후훗, 주인님이라면 괜찮으실 겁니다."

"근데 있잖아. 엘로이스 씨, 이런 메이크업은 보통 방송사에서 해 주지 않나? 미리 해서 갈 필요 있어?"

어디서 준비했는지 몰라도 이 영국 메이드 아가씨는 내 화장부터 머리카락, 옷차림까지 신경 써 주고 있었다. 말하자면 풀메이크업이라고 해야 할까?

이리저리 설명하면서 깔끔하게 해 주는 건 좋은데, 왠지 부끄럽다. 그리고 아직도 민둥성이인 가발 안쪽이 더워지려고 하고 있어서 더욱 찝찝하다. 마음 같아선 이거 다 확 벗어던지고 싶지만, 방송이라 어쩔 수 없었다.

"일단 먼저 크로니클에 가는 거죠?"

"어. 거기서 오프닝 찍은 다음에 다른 데 간다는데? 식사부터 하러 가자."

"이 앞에 가져다 놓았습니다. 바로 사무실에서 드시지요."

멀쩡히 식당까지 만들어 놨구만 이게 뭐하는 짓인 건지.

진짜 남동생을 돌보는 누님 같은 저 상냥한 미소에 난 더 이상 아무 말도 할 수 없었다.

그나저나 엘로이스 씨의 음식을 먹는 건 처음인데, 설마 진짜 영국 요리 퀄리티는 아니겠지? 싶었으나 문을 열고 엘로이스 씨가 가져온 것은 한 상 가득 한식이었다.

어떻게 온도 관리를 한 건지 모르지만 지금도 보글보글 뚝배기에서 끓고 있는 김치찌개와 조기구이로 차려진 정식이었다.

"한식 할 줄 알아?"

"요리라면 간단한 구이에서부터 복어회까지 가능합니다."

전에는 잠수함까지 몬다더만 이 메이드, 못하는 게 도대체 뭐지?

그래도 외국인이 만든 한식이라는 점에서 아예 입맛에 안 맞을 거라고 생각했는데, 적절히 간도 맞는 게 깜짝 놀랄 정도였다.

내가 놀란 표정으로 바라보자 엘로이스 씨의 미소는 더욱 상냥해졌다.

"와, 맛있어. 내 입맛을 어떻게 맞춘 거야?"

"송구스럽습니다. 원래 있던 원룸의 식재, 그동안 같이 먹던 식사와 간식 등의 추가적인 양념, 조미료 사용량 등을 통해서 입맛을 예측했습니다."

"이야, 굉장한데?"

놀랄 따름이다. 숟가락을 움직이는데 손이 멈추질 않는다.

세상에, 그럼 그동안 내 데이터를 착실히 모으고 있던 거야?

그런 데이터가 증명하듯 내 혀와 뇌는 즐거웠는지 순식간에 식사를 비워 낸다.

아, 겁나 맛있었다. 어설프게 고급 요리가 나오려나 했는데 입맛에 맞는 한식이라 너무 좋았다.

"엘로이스 씨, 여러모로 배려해 줘서 고마워요."

"이제부턴 당연한 일이 될 거니 괜찮습니다."

자, 배도 든든히 채웠고, 가 볼까?

엘로이스 씨는 뒷정리를 한 뒤에 온다고 했고, 나는 고개를 끄덕이며 먼저 사무실을 나와 차로 향한다.

지나가다 보니 1팀의 사무실을 지나치게 되는데, 거기엔 이른 아침부터 세연이가 앉아서 컴퓨터로 무언가를 보고 있었다.

아직 시간 좀 남았으니 뭐하나 볼까? 그러고 보니 요 근래 갑자기 애가 조용해져서 일을 열심히 하는 거 같던데…….

"세연아, 아침부터 뭐 보냐?"

"그냥 공략팀 영상."

"어디 보자. 유럽 거네? 에볼루션 버스트 길드의 던전 '군주의 성' 공략인가?"

드래고닉 레기온의 데이터베이스에 공유되어 있는 유럽 전역의 길드 레이드 동영상을 보고 있는 세연이었다.

어이구, 기특한 것.

확실히 적합자면 다른 이들이 탱하는 것을 보고 이미지 트레이닝해도 괜찮다. 물론 자신의 스킬이 영상의 것에 맞게 적용되는가의 문제도 있지만, 스스로 공부하려는 걸 보니 아버지의 마음 같은 게 솟아오르는 건지 너무 기특해서 나도 모르게 세연의 머리를 쓰다듬고 있었다.

"아저씨, 뭐야, 이거?"

"아, 아차차차, 나도 모르게 그만! 공부하는 딸을 보는 아빠의 마음이 된 거 같아서……."

"그런 플레이가 취향이면 이제부터 아빠라고 불러?"

"나 아직 21살밖에 안 됐어! 5살 차이 부녀가 어디 있냐? 그럼 열심히 공부해라. 난 방송 찍으러 다녀온다. 오늘 당일치기지만 말이야."

"응. 힘내."

음, 순순한 세연이는 진짜 귀여운 거 같다.

자, 그럼 차로 가 볼까? 차 안에는 엘로이스 씨가 먼저 자리해 있었다.

나는 차를 타고 크로니클 한국 지부로 향했다. 방송의 오프닝을 거기서 찍는다고 했기 때문이다.

그동안 나는 제작진이 미리 준 대본을 읽으며 분위기를 파악하려고 한다.

드래고닉 레기온 한국 지부 던전 1팀 사무실.

강철도 떠나고, 아직 출근 시간이 아닌 사무실에는 세연 혼자 남아 있었다.

아침부터 강철을 만나 칭찬을 들은 그녀는 기분이 좋았다. 지금 그녀가 하고 있는 일은 공부는 맞긴 했지만 강철이 생각하던 그런 쪽이 아니었다. 아니? 맞나?

[ShAAAAAAAAAAAAAAAA! 되살아나라! 나의 수족들이여!]

"데스 나이트 헤른고어드, 대규모 언데드 부활 주문."

[나타나라! 나의 맹우여!]

"데스 나이트 쿠와라틸라, 본 드래곤 소환. 데스 나이트 로쿨라사다하, 광역 빙결 주문."

세연은 엘로이스의 말에서 힌트를 얻어서 유럽 길드들의 데스 나이트에 대한 레이드 자료를 검색, 앞으로 사용할 수 있는 스킬들을 알아보고 있는 것이었다.

보면서 대략적인 위력을 알아낼 수 있는 데다가 스킬 보유 데이터까지 파악이 되니 좋았다.

"사령술, 냉기 마법, 오러 블레이드, 염동력, 부패 마법, 저주 마법 등등 너무 범위가 넓어."

데스 나이트의 가능한 스킬 풀이 너무 넓었다. 세계 각국에 나타난 데스 나이트들의 기술은 천차만별이었고, 그 기술의 폭이 너무 넓어서 문제였다.

하나의 카테고리를 만들면 또 다르게 카테고리가 늘어난다. 어떤 경우는 두 가지 스킬 군을 사용하는 데스 나이트도 있었고, 어떤 때는 세 가지가 있었다.

하지만 세연은 날카로운 눈으로 하나라도 빼놓지 않기 위해 철저히 메모한다.

[SISISISISISI 혹한의 그업!]

'이건 내가 가지고 있는 기술이네.'

무수히 많은 데스 나이트의 데이터 덕에 세연은 패시브를 제외한 자신이 익힐 수 있는 거의 모든 스킬들을 찾아볼 수 있었다.

그녀가 엘로이스에게 말했던 '분명 후회할 거다.'라는 말은 헛것이 아니었다.

적합자들은 자신이 앞으로 배울 스킬을 바로 눈앞의 몇 가지밖에 모르기에 제대로 설계를 해서 스킬 트리를 짜는 건 이미 고레벨인 클래스들이 가진 스킬들로 예상을 할 수밖에 없다.

하지만 역으로 세연은 몬스터들로 구분이 되는 데스 나이트였기에 미리 자신이 익힐 스킬을 구상할 수 있었다.

'두고 봐. 레벨은 언젠가 오르는 거니까! 가장 완벽한 데스 나이트를 설계해 주겠어.'

굴욕도 배움이 될 수 있다는 말을 증명하듯 세연은 열심히 많은 자료들을 찾아보면서 자신의 설계에 착수한다.

아마 레벨 업을 무난히 하게 된다면 그녀는 최악, 최흉, 최강의 데스 나이트가 될 것이다.

맨vs런닝.

사람이 사람을 추격하는 추격전을 플롯으로, 다양한 게임과 미션을 행하는 예능 프로그램이다.

대재앙 이전에도 세계에 수출하던 유명 프로그램이었고, 그런 만큼 세상이 다시 복구가 되고 나자 부활 1순위 방송

중 하나였다.

물론 그동안 내 삶은 대재앙 이전엔 완전 피시방 죽돌이었고, 대재앙 이후엔 던전 인생이라서 TV를 거의 안 봐서 모르지만, 난 그냥 운동회 같은 거려나? 생각하고 왔는데!

"왜 갯벌에서 구르고 난리야? 이게 뭐하는 짓이야?"

"으아아아아아! 던전도 이런 덴 안 간다고!"

"하하하, 강철 씨, 진정하세요. 하하하하! 원래 갯벌은 예능의 성지예요. 저희 맨 vs 런닝 한 번도 안 보셨어요?"

"봤으면 여기 왔겠어요?"

"하하하하! 탱커분이라 말이 거침이 없으시네."

안경을 쓴 곤충 닮은 국민 MC가 날 일으켜 내 어깨를 토닥여 주면서 말한다.

하긴, 예능이란 결국 시청자가 재미있으면 그만이라는 시청자 제일주의로 진행되고 있었던 거 같다.

하지만 나야 뭐, 남자라서 망가지는 건 괜찮지만 나 말고 여기에 불려 온 다른 적합자 둘은 참 불쌍하게 보인다. 왜냐면 둘 다 유명 길드에 속한 여성 적합자였기 때문이다.

오늘 이 방송에 나오는 적합자는 탱, 딜, 힐, 각각 1명씩 총 3명이었다.

"와! 와! 연화 씨 봐요. 뻘이 거의 안 묻었어요. 이런 뻘에서도 발이 안 빠지시네."

"예, 제 딜러 적합자의 능력이에요. 〈패시브-수면 보행

〉이라서~ 저도 모르게 써버려 써요~ 저만 제송해요오~"

"아니에요. 엄연히 적합자 레이스인데 능력 쓰는 게 어때서요."

현마와 같은 쓰리 스타즈 얼라이언스의 신연화.

귀여운 마스크에 저런 징그러운 애교를 부리는 데 거침없어 보이지만 저년, 도적 계열 적합자 윈드 워커이다. 기동성과 스피드가 가장 빨랐으며 주 무기는 석궁. 목표를 빠르게 암살하고 도망 다니는 데 최적화되어 있는 클래스다.

즉, 역으로 말하자면 저 귀여운 미소는 가면으로, 그 안에는 알 수 없는 본성이 잠들어 있다는 거다.

'물론 방송이라서 보이진 않겠지만 말이지.'

"저기, 괜찮으세요? 아까 심하게 구르신 거 같던데……."

"아, 괜찮아요."

그리고 이 방송에 나온 또 다른 적합자, 힐러인 여성이었다. H프라이멀의 40레벨 대 힐러로 아마 이름이 민지애였나? 이곳에서 보유 중인 레어 클래스 힐러였다.

그쪽 길드에서 상당히 인원을 빼온 우리 길드였기에 처음 보는 사람이었지만 난 약간 꺼림칙했다.

어쨌든 첫 미션을 끝낸 우리는 다음 장소로 이동하기 전 씻고 정리하기 위해서 갯벌을 빠져나간다.

"자! 그럼 다음 장소로 이동합시다! GOGOGO!"

멘트와 함께 갯벌을 빠져나온 나를 반겨 주는 것은 엘로이스 씨였다.

출연진 및 스태프들의 가운데에 있는 플래티넘 블론드의 미녀 메이드는 온통 뻘투성이가 된 나에게 달려와서 종이 가방과 수건을 챙겨 준다.

"수고하셨습니다. 여기, 수건과 갈아입을 옷입니다."

"어, 어, 그래. 수건 고마워. 샤워장은 따로 마련되어 있나 보네."

"샤워 시중은……."

"필요 없어."

정말이지 엘로이스 씨는 진짜 만능에 다 좋은데 너무 오버하는 게 탈이라니까! 옷 갈아입히기라든지 샤워라니, 내가 손이 없어 발이 없어. 무슨 어린애도 아닌데 말이지.

샤워장에서 샤워를 하고 옷을 갈아입고 나오자, 촬영 스태프로 보이는 사람이 앞에서 기다리고 있다가 말을 걸었다.

"저기, 강철 씨, 실례합니다만… 전 이번에 새로이 이 '맨 vs 런닝'의 PD를 맡게 된 박종혁이라고 합니다."

"아, 예. 그런데 무슨 일로? 이동해야 할 장소 알려 주시러 온 건가요?"

"그게 아니라… 같이 오신 메이드 일행분 말입니다. 혹시 영국 드래고닉 레기온의 '세라프'라는 이명을 쓰시는 초고레벨 힐러 분 아닌지?"

엘로이스 씨 이야기인가? 확실히 맞기는 한데 무언가 눈빛을 보니 꿍꿍이가 있는 거 같은데… 혹시 방송 출연시켜 달라는 건가?

"그, 가능하면 그분도 이번 방송에 출연이 가능한지 좀 여쭤 봐 주셨으면 합니다만 워낙 유명하신 분이라서요."

확실히 저 미모에 몸매도 좋고, 초고레벨 적합자 힐러에 못하는 거 없고 안 하는 거 없는 슈퍼 메이드라면 방송에 나왔을 때 시청률이 오르는 건 안 봐도 비디오였다.

하지만 내 메이드이기 이전에 그녀는 드래고닉 레기온 본토에서 온 사람이라서 내가 마음대로 결정할 수 없기에 그녀의 의사를 따르는 걸로 대답해 두자.

"그건 제 재량이 아니라서, 본인에게 물어보심이……."

"그, 그게! 이미 한 번 여쭤 봤습니다만, 그녀는 강철 씨가 허락하면 나온다고 해서 말입니다.

어쭈? 이 자식들 보게? 이미 출연하고 있는 나에게는 안 물어보고 엘로이스 씨에게 직접 물었다가 퇴짜 맞고 나에게 온 거구만.

내가 물어보라고 말하긴 했지만 은근 기분 나쁘군.

나는 일단 손짓으로 엘로이스 씨를 부른다. 우와, 빨라! 마치 잘 훈련된 셰퍼드처럼 그녀는 신속하게 오더니 내 등 뒤에 자리를 잡고 선다. 그 자리가 좋으신 건가?

"무슨 일이십니까? 주인님."

"어, 그게, 방송 제의 받으셨다면서요?"

"예. 하지만 전 이미 주인님께 충성을 바친 몸. 무슨 일을 하던 주인님의 허락이 있어야 한다고 생각하고 있습니다."

뭔가 꽉 막힌 발언이지만 왠지 모르게 어깨에 힘이 들어가 버리네. 이런 유능한 메이드가 내 지시에만 따른다니, 내가 대단한 거 같은 착각을 불러일으킨다. 어쨌든 칼자루는 내가 쥐고 있다는 거다. 그러면 보자.

"네, 알았어요. 뭐, 이상한 거 안 시킨다는 조건하에 허락하도록 하죠."

"정말입니까? 가, 감사합니다. 걱정 마십시오. 마지막 최종 경기에서 특별 게스트라는 이름으로 나와서 게임 룰 설명 정도 역할이면……."

음, 역시 기존에 짜진 플롯을 넘어서는 행동은 할 수 없는 거로군.

그 정도 역할이라면 상관없을 거 같으니 엘로이스 씨에게 부탁을 하자 그녀는 흔쾌히 승낙을 한다. 어차피 그녀는 적합자 세계에서도 유명인이고, 내가 한국 방송에 나오는 이유도 드래고닉 레기온의 이름을 알리기 위해서였으니 나쁠 거 없는 선택이었다.

그리고 우리가 지속적으로 방송할 거도 아니니 한 번에 뽕을 뽑는 게 좋겠지. 어쨌든 사과는 해 둬야겠다.

"정말 미안해요. 그래도 기왕 길드의 홍보 차원에서 나온

프로그램이니까 효율적으로 하는 게 좋다고 생각해서…….”

“아닙니다. 주인님이 결정하신 사안이라면 전 기꺼이 따를 뿐입니다.”

정말 눈물 나게 충성스러운 메이드 아가씨구만!

어쨌든 그녀의 등장은 우리 이외엔 비밀로 하자고 해서 난 남은 하루 종일 방금은 갯벌, 그다음은 수영장에 풍덩, 그다음은 벌칙으로 번지점프 삼콤보를 달성했다.

이윽고 저녁이 다 되어서야 마지막 미션 장소까지 도착하게 된 맨 vs 런닝 일행이었고, 도착한 나는 마지막 게임 세트장을 보며 한숨만 내쉴 뿐이었다.

“아이고, 지치네요. 이런 걸 매주 하세요?”

“에이, 그래도 탱커님보다야 더 힘들겠어요? 자자, 이제 마지막이니까 힘내세요.”

“예이~”

난 힘없이 대답하며 엘로이스 씨가 가져다준 스포츠드링크의 빨대를 쭉 빨아들일 뿐이었다.

하아~ 마지막 게임은 뭔지 모르겠지만 엘로이스 씨는 이미 사라져서 따로 준비하러 가고 없었다.

기왕 시작한 거 열심히 하고 있긴 한데, 별로 나에게는 스포트라이트가 안 오는군.

‘뭐, 난 결국 들러리 역할이지. 차라리 속 편하다. 에휴… 조용히 사라지는 게 최고지.’

사실상 모든 스포트라이트는 거의 저 두 여성 적합자 쪽에 맞추어져 있었다. 애교 넘치는 신연화와 힐러로서 배려심 깊은 민지애 쪽에 초점을 둔 것이다.

나는 뭐랄까? 몸으로 때우는 개그 캐릭터 같은 느낌으로, 열심히 굴러 주는 걸로 분량을 다 차지하는 느낌이다.

갯벌에서 구르고, 혼자만 수영장에 빠지고, 그다음 승부에서는 벌칙으로 번지점프까지 했다.

'여기서 이제 내 가발이 벗겨지면 아주 예능의 트리플 악셀이겠군. 그리고 나는 내일부터 검색어나 적합자 갤러리 필수 요소로 등극하겠지.'

그것만은 안 되지. 예를 들면 '고자라니' 사진에 내 머리만 들어간다든가, 탈모 갤러리 짤림 방지 이미지로 쓰이는 건 사절이다.

더불어 '당신은 탱커의 저주에 걸렸습니다. 댓글로 자라나라 탱커탱커'라던가? '40억 받고 대머리 vs 고자 되기' 같은 게시물 제목도 사절이다!

'왠지 꼭 이런 생각을 하면 복선이 될 거 같다니까…….'

불안한 상상을 하며 다다른 마지막 게임 장소는 다시 크로니클 한국 지부였다.

와, 지금이 저녁 8시인데 여길 용케도 전세 냈네.

마지막 추격전은 이때까지 치른 추격전에서 얻은 이득을 기반으로 하는 것이었는데, 난 오늘 이 방송 예능에서 단 하나의 미션도 성공하지 못했기에 이득은 제로.

그래도 옆에 메뚜기 닮으신 국민 MC 분은 미소 지으며 격려해 준다.

"하하하, 괜찮아요. 이길 수 있어요."

"예. 최선을 다해야죠."

"꺄아~ 힘낼게요오~"

오오오오오!

저기 꽃밭은 아주 난리가 났군.

애교 작살인 신연화의 애교를 남자 연예인들이 팍팍 띄우고 있고, 훈훈한 일화를 소개하면서 분위기를 안정시키는 민지애.

음음… 나는 그저 조용조용 넘어가는 걸로 끝이다. 그렇다고 예능에서 탱커들의 현실을 이야기해서 이걸 다큐멘터리로 만들 수 없으니 들러리 역할로 충분하다.

그렇게 착실히 병풍 역할에 심취해 있는데… 앞에서 확성기 소리가 들린다.

[그럼 마지막 미션의 설명은 오늘의 특별 게스트가 해 드리도록 하겠습니다.]

"트, 특별 게스트으?"

"누구지? 그런 거 못 들었는데?"

"어?"

나야 미리 알고 있었지만 주변의 반응에 맞추어 어리둥절 모르는 척을 유지한다.

그리고 잠시 뒤 모든 카메라가 향하는 곳, 크로니클의 2층 발코니 쪽에 메이드 복을 입고 다소곳이 앉아 있는 엘로이스 씨의 모습이 보인다.

아니? 방송 중에도 메이드 복? 물론 빅토리아풍의 정숙한 메이드 복장이라서 예의가 없어 보이지는 않았지만…

"저, 저분, 강철 씨 메이드 아니에요?"

"아까 메이크업이랑 만져 주시던 분 같은데?"

"저분도 적합자였어?"

이어서 모든 시선과 카메라가 나에게 맞추어진다.

아, 아니, 이런 걸 원한 건 아닌데? 내가 어쩔 줄 모르겠다는 듯 머리를 긁적이며 웃는 사이, 확성기로 소개 멘트가 나가고 있었다.

[세계 최고의 길드, 드래고닉 레기온의 적합자 힐러로서 대재앙 시절부터 수많은 인명을 구하고, 영국 왕실의 작위와 수많은 훈장을 받았으며, 교황청에서도 현재 성녀 인증을 받는 중인 데다가 고위 천사인 '세라프'라는 이명으로도 불리고 있는 그랜드 퀘스트 클리어의 멤버 중 한 명! 엘로이스 씨입니다!]

"와아!"

"세상에! 그랜드 퀘스트 클리어 멤버!"

쿠궁! 이라는 효과음을 넣으면 적절할 거 같은 반응들을 다들 보여 주고 있었다.

더불어 오늘 같이 참여한 게스트이자 적합자인 신연화와 민지애 두 사람도 어쩔 줄 모르는 얼굴이었다. 은근히 미안하네.

그리고 마지막 미션 전 모든 스포트라이트는 그녀에게 맞추어지고, 그녀는 일어나서 받은 작은 대본을 읽기 시작했다.

[예. 한국의 맨vs런닝 멤버분들, 그리고 한국의 적합자분들도 정말 반갑습니다. 이런 귀한 자리에 초대를 해 주신 걸 감사히 여기며, 오늘의 마지막 미션을 설명 드리겠습니다.]

플래티넘 블론드에 아름다운 미모, 빅토리아풍의 메이드복에서도 느껴지는 몸매의 볼륨감에 모델처럼 큰 키까지 어우러진 아름다운 그녀가 마이크를 잡고 대본을 읽는 모습은 우아하기 짝이 없었다.

지금 카메라도 그렇고, 옆의 남자 연예인들도 그녀에게 모든 시선을 집중하고 있었다. 이걸로 드래고닉 레기온의 명성은 확실히 올라가겠군.

[…이상 모든 룰의 설명을 마치겠습니다. 그리고 마지막으로 한마디 남기자면 사랑하는 강철 주인님, 힘내세요~♡]

“크헉!”

“억!”

“으악!”

“꺼억!”

쿠궁!

지금 저 단말마들이 뭐냐면 쿨한 얼굴로 설명하던 엘로이스 씨의 기습 애교에 남자 연예인들이 가슴을 부여잡고 심장을 다스리는 소리였다. 진짜 고단수네.

저 연예인들도 나름 예쁘고 귀여운 거에는 면역되어 있을 텐데 다들 심장을 부여잡을 정도면 파괴력이 무시무시하다는 소리였다.

그렇게 말한 엘로이스 씨는 귀엽게 종종 뛰어 사라진다. 오늘 하루 방송의 모든 임팩트를 날려 버리는 엘로이스의 애교였다.

‘그나저나 묘하게 날이 더워졌군. 긴장감이라서 그런가? 응?’

고오오오오…

뭐지? 아니, 멀쩡하게 유부남인 남자 연예인 포함해서 여성들까지 전부 다 날 노려보고 있었다.

난 그 이상함을 감지하지 못한 채 마지막 게임에 들어갔는데… 게임 시작하자마자.

“강철 씨부터 잡죠!”

“네! 무조건 잡죠!”

“이거 안 되겠네! 연예계라고 했는데 대놓고 연애를 하면 안 되죠!"

"예능에서 연애하면 어떻게 되는지 똑똑히 보여 드리겠습니다!"

전부 나에게 달려들었고, 결과는 뭐, 어째서인지 아군이었을 국민 MC도 내 탈락에 협조하고 있었다.

뭔데? 뭐냐고? 게임 룰 이런 게 아니잖아? 아니, 댁들 진짜로 엘로이스 씨랑 내가 어쩌고저쩌고 하는 관계라고 생각하는 거야? 멀쩡한 유부남들도 있으면서 왜 나에게? 메이드란 남자의 로망이라는 거냐?

어쨌든 마지막 게임 시작 후 1분 만에 탈락한 나는 그대로 이름표가 털리고, 땅바닥에 널브러지는 걸로 아웃되어서 감금실로 향하게 된다.

그리고 결국 이 방송의 우승은 딜러 적합자였던 신연화의 팀에게 돌아갔다.

하지만 실제 방송이 되고서 모든 검색 사이트의 실시간 검색어를 차지한 것은…

[실시간 검색어 순위]

1위 맨vs런닝 영국 메이드

2위 맨vs런닝 특별 게스트

3위 영국 메이드

4위 주인님, 힘내세요

5위 드래고닉 레기온

6위 힐러 적합자

7위 세라프

…….

전부 우리 관련이었다.

방송 이후 반응을 볼까 하고 '맨vs런닝 게시판'을 가 봤는데 아주 난리도 아니었다. 모든 주제가 나를 포함해서 엘로이스 씨 관련 이야기였다.

주요 반응을 본다면…

[와, 오늘 맨vs런닝 봤냐? 영국 메이드 존예!]

[사랑하는 주인님, 힘내세요. 에서 리얼 심장 터질 뻔!]

[다음에 다시 안 불러 주나요? 다음엔 정규 게스트로 좀!]

[강철 그 인간이 주인 맞지? 개부럽다!]

[탱커면 여친은 못 사귀지만 메이드는 가질 수 있나요?]

더불어 적합자 관련 커뮤니티뿐만 아니라 대한민국 인터넷 게시판이 전부 난리도 아니었다.

솔직히 이건 너무 예상 밖의 사안이었다.

혹시나 싶어서 다른 데도 한 군데 더 갔는데, 거기도 난리였다. 지금 가본 곳은 맨vs런닝 갤러리였는데!

[제목 : 야, 빨리 메이드님 좌표 점.]

진심 천사가 강림한 줄. 와, 다른 여자 게스트 다 오징어 만들어 버리네.

[제목 : 이번 주 맨vs런닝 요약]

다 됐고, 뒤에서 10분만 보면 다 본 거임. 이거 ㄹㅇ.

[제목 : 아, 더러운 애니 갤러리 새끼들아! 메이드 떴다고 미쳐 날뛰네.]

근데 나도 미칠 거 같음. 미안하다.

홍보 하나는 제대로 되었긴 하군.

그리고 내 이름도 전국 방방곳곳에 알려져 있었다. 바로 엘로이스의 주인이라는 점 때문에 시선을 끌고 많은 이들의 질투를 받는 포지션이 되어 있었는데, 그거 때문에 적합자 갤러리에서는 지금 난리도 아니었다.

[제목 : 야, 탱커 되려면 뭐 찍어야 하냐?]

진심, 외국 길드에서 저런 초미녀 메이드까지 붙여서 관리하는 거 보면 이제 진짜 탱커 메타되는 거 아니냐?

댓글 : 그랜드 퀘스트 공략하려면 탱커 필요하다잖아. 그럼 탱커 메타지.

[제목 : 이제 검성 새끼들 좆망됐네.]

이제 프로보크 못 쓰면 딜도 좆망하는데 탱커님들 귀족 되시면 어떡하냐? 낄낄낄.

댓글 : 너 이 새끼 탱커지?

[제목 : 야, 저 강철이라는 탱커 뭐 때문에 저리 대접받는 거냐? 진심 이해 안 되는데? 40레벨 대 탱커라서 그런 거임?]

댓글 : 퓨어 탱커래.

댓글2 : 병시나, 저 레벨까지 큰 탱커가 우리나라에 없어서 그런 거임.

[제목 : 캬, 역시 탈 한국이 답이네.]

병신 공사판 용역 같은 탱커도 레벨 올리고 외국 나가면 캐귀족 되네. 빅토르 안도 그렇고, 한국 길드도 똑같네.

댓글 : 이거 레알 ㅋㅋㅋ.

다소 거친 표현이 많았지만 탱커에 대한 인식이 바뀌어 나가고 있군.

그나저나 이 병신들, 내가 40억 받을 때도 시큰둥~ 하더만 엘로이스 씨 하나 보여 주니까 아주 미쳐서 날뛰는구먼!

현재 우리 사무실에 1팀을 모두 모아 놓고 방송에 대한 내 소감 및 결과를 브리핑하는 와중 살펴보고 있는 반응이었다.

"역시 돈보다는 미인이 부러움의 대상이 되는 법이지. 허허허."

"아저씨, 그 방송 나가고 다른 방송사랑 프로그램에서 메일이 넘쳐흐를 지경이야."

"더불어 엘로이스 님에게 팬레터와 선물이 가득 오네요. 아, 그리고 지부장님에게는 저주의 메일과 뱀, 죽은 고양이, 도마뱀 시체 같은 것들이 택배로 보내지는데 이거 다 어쩌죠?"

그리고 비단 인터넷뿐만 아니라 현실적으로도 인기를 느낄 수 있는 게 나랑 엘로이스 씨에게 오는 선물과 메일, 다른 예능 프로그램으로부터의 출연 요청이었다.

바쁘다면 엄청 바쁘다고 말할 수 있겠지만 엄연히 우리 본업은 던전을 도는 적합자다. 레벨 업이 우선 중의 최우선 사항이었다.

"그래서 됐고, 다음 갈 던전 보고나 해."

"다음 던전은 역시나 저희 쪽에 엘로이스 씨가 있기에 유리한 언데드가 있는 '적정 레벨 27 : 구울왕의 묘지'로 정했습니다. 지하 묘지와 다르게 필드형이고, 대부분의 몬스터는 움직임이 느린 좀비, 구울, 보스 몬스터는 과거 한 나라의 왕이었던 시체로 만들어진 '구울왕'입니다."

어쨌든 언데드가 즐비한 던전이라는 거군. 돈은 더럽게 안 되면서 몬스터들은 위험하기 짝이 없는 던전이었다. 하지만 대신 몬스터의 숫자가 엄청나서 경험치는 짭짤하지. 게다가 상성도 타기 쉽고 말이야.

보통 길드에서도 잘 안 주워 가는 이런 던전이 우리의 주요 목표이다.

"지금 1팀의 레벨은 아저씨랑 엘로이스 님을 제외하면……."

탱커-다크 나이트 46레벨

탱커-데스 나이트 27레벨

근접 딜러-울프 드루이드 16레벨

원거리 딜러-아틸러라이저 16레벨

원거리 딜러 겸 서포터-위저드 35레벨

이 상태.

27레벨 던전이면 이제 세연이와 동 레벨이라서 슬슬 탱킹에 집중을 해야 하고, 빡세지는 곳이었다.

이번엔 상성 차이가 있더라도 탱하는 세연이에겐 주의가 필요하니, 무조건 엘로이스 씨가 같이 가야겠군. 언데드 던전인 만큼 퇴마 스킬을 가진 성기사가 동행하면 그만큼 편해지는 곳이다.

하지만 너무 쉽게만 돌아도 다른 던전에 대한 대응력이 떨어지면 안 되는데 말이지.

"언데드 던전은 이번을 마지막으로 해. 이거 돌면 아마 성아랑 은랑이 20레벨 넘을 테니까 고블린, 오크와 같은 아인종, 하피와 같은 조류, 세이렌, 멀록, 리자드맨 같은 물에 사는 몬스터, 골렘 같은 비지성체, 그리고 스캐빈저 대응법 등등 배울 게 천지니까 말이야."

"저기, 지부장님은 그거 다 돌아보셨나요?"

"당연하지. 씨발, 내가 돈 던전 220개, 레벨은 그렇다 쳐도 패턴은 아주 다양하게 경험해 봤다. 출발은 언제 할 거야? 내일 바로 할 거지?"

"예. 내일 바로 하도록 지금부터 곧장 준비에 들어갈 겁니다."

나는 고개를 끄덕이며 이걸로 미팅의 종료를 선언한다. 그리고 내 업무를 시작하기 전에 유성아를 사무실에 남게 했다.

알다시피 녀석의 클래스는 나만 알고 있기에(아틸러라이저) 레벨 업한 스킬 포인트의 사용을 상담해 주기 위해서였다.

"아, 엘로이스 씨도 잠깐만 나가 주세요. 성아 양과 긴밀히 할 이야기라서요."

"알겠습니다."

엘로이스까지 사라지고, 이제 사무실에 남은 건 나와 성아뿐이었다.

그녀는 인터페이스를 열어서 나에게 보여 준다. 어디 보자.

유성아　코드 네임 : 엔젤오브루인

레벨 : 16　아틸러라이저(Artillerraiser)

근력 : A+(16)

민첩 : C+(12)

마력 : C+(12)

지력 : SS+(64)

체력 : 1,023

마력 : 120

클래스 고유 스킬

〈트랜스폼 : 아틸러리 아머(Artillery Armor)〉

설명 : 포격 전용 메카닉 갑주를 소환하여 장착합니다.

〈셀프 팩토리 시스템(SelfFactory System)〉

설명 : 기계화 무장을 제작 가능합니다.

〈사이버네틱스 암즈 시스템(Cybernetics Arms System)〉

설명 : 모든 무장을 기계화합니다.

〈보유 스킬 포인트 : 11개〉

〈보유한 스킬〉

〈패시브-광자력 연구〉

설명 : 일반 공격이 에너지 공격으로 변하며 탄을 사용하지 않습니다. [1/3]

〈패시브-포신 강도 증가〉

설명 : 모든 화기의 포신의 강도를 증가시켜 냉각 시간을 감소시킵니다. 총 60% 감소 [M]

〈액티브-포탄 제조〉

설명 : 포탄을 제조합니다. 스킬 레벨이 오를수록 동시에 제조 가능한 포탄 숫자가 증가하며, 기본적으로 섬광탄, 소화탄 제조 가능합니다. 살상력이 있는 포탄은 연계 패시브를 사용해야 합니다. [M]

〈습득 가능한 스킬〉

〈패시브-고폭탄 연마〉

설명 : 아인슈타인의 생애를 간단히 요약하시오.

〈패시브-연막탄 연마〉

설명 : 세키가하라 전투에서 나온 총기의 활약을 서술하라.

〈패시브-백린탄 연마〉

설명 : 간디의 비폭력주의에 대해 서술하시오.

〈패시브-2연장 포신 개장〉

설명 : 갑오개혁의 전개 과정을 적으시오.

〈액티브-포톤레이저 샷〉

설명 : 전방을 관통하는 빛을 발사한다. 쿨 다운 5초. 사용 마력 5

〈액티브-자동화 기계 제작〉

설명 : 짜르 붐버란?

〈액티브-미사일 제작〉

설명 : V2 로켓의 발명 과정을 설명하라.

〈패시브-사거리 증가〉

설명 : 북한 김정은 정권에서 일어난 핵실험에 대해 서술하시오.

〈패시브-개틀링건 개장〉

설명 : 세계 최초의 기관총의 발명에 대해 서술하라.

기존에 남아 있던 9개의 스킬 포인트 중에서 4개를 포탄 제조와 포신 강도 증가에 투자를 했다.

하지만 포탄 제조는 연관되는 살상력이 있거나 전략성이 높은 포탄인 고폭탄, 백린탄, 연막탄의 패시브를 아직 배우지 않아서 제조가 가능한 건 폭죽 같은 섬광탄과 불을 끄는 데 사용하는 소화탄이었다.

그 외 레벨 업을 하면서 추가로 배울 수 있는 스킬들이 늘어나 있었는데, 이거 다 무시무시하네.

"음… 다 매력적인데?"

"이런 흉흉한 게 어디가 매력적인데요?"

"크~ 이게 남자의 로망이지. 일단 2연장 포신 개장을 하는 게 어때? 그래야 포탄을 쓸 수 있으니까 말이야. 비살상용 탄이라고 해도 쓸모는 있거든……."

어두운 하늘을 밝히는 섬광탄은 밤의 던전 플레이에 쓸모가 많을 거 같고, 소화탄은 실생활에서 유용한 탄환이었다.

근데 웃긴 건 이 소화탄 재료에 물이 들어가네. 적합자 세계에서 이루어진 일이라서 그런지 재료로 화학 물품을 요구하지 않는다는 점에서 좋았지만, 웃긴 건 웃긴 것이다. 이거 한 번 만들어서 써먹고 싶어지는걸?

"2연장 포신 개장 했어요! 그다음엔요?"

'물이라…….'

"지부장님, 그다음엔요?"

"아차차, 미안. 그다음이야 당연히 사거리 증가지. 원거리 딜러는 사거리가 늘어날수록 좋으니 말이야."

포신 개장에 3포인트, 사거리 증가에 3포인트. 이제 남은 건 5개의 포인트군.

이렇게 된 이상 살상력이 있는 포탄에 3개를 준 다음 팔에 달린 개틀링건을 해금시키는 게 나을 거 같은데. 저거 실탄 무기라서 왠지 탄환 값이 많이 들 거 같기도 하고. 그렇긴 해도 블래스터 하나만으로는 화력이 애매한데 말이야.

"음? 개틀링건이나 아니면 액티브 레이저 샷 중에 하나를 택해야 하는데, 개틀링건 탄환은 어떤 거 쓰냐?"

"이것도 레이저 개틀링으로 쏠 수 있어요. 마력을 소모하지만 실탄 취급이에요."

"거참 편리한 설정의 무기로구만! 정신 에너지만 가지고 실탄을 만들어 내다니!"

"그렇게 치면 마법도 염동력처럼 물리 데미지를 주는 기술이 있잖아요."

그건 맞는 말이지. 그럼 개틀링건으로 결정.

어쨌든 이걸로 개틀링의 실탄 물리 판정과 블래스터의 마법 판정 딜링 구조가 완성이 되었다. 다만 둘 다 마력을 소모하기 때문에 이 녀석은 이제 앞으로 마나 포션을 물처럼 마시게 될 팔자가 되겠군.

그다음 마지막으로 정할 것은 살상 포탄의 스킬을 찍어야 한다는 것이다.

"음… 백린탄이랑 고폭탄이 제일 먼저 나와 있는데 뭘 찍을래?"

"둘 다 쓴다는 거 자체가 무섭네요."

“하지만 뭐가 됐든 찍어야 상위 포탄이 스킬이 나올걸? 그리고 이미 2연장 포신 개장했잖아.”

“일단 3포인트 남겨 두는 건?”

살상 탄환을 선택하는 것을 머뭇거리는 성아였다. 선택하면 무엇이 되었든 그녀는 이제 대량 살상 무기를 지니고 살게 되기 때문이리라.

어느 쪽을 택해도 그녀는 이제부터는 자신의 감정조차도 통제해 가면서 살아가야 할 운명이다.

그래도 적어도 우리 길드에 있으니 몬스터를 잡는 데만 사용할 수 있으니까…….

“후우… 알았어요. 그러면 고폭탄으로 할게요.”

“확실히 백린탄은 아군도 위험하니까. 그리고 사람에게 사용하면 돌이킬 수 없으니 말이지.”

그 미친 광경을 마주하면 분명 이런 애는 미쳐 버리고도 남겠지. 아? 난 어떻게 아냐고? 그 광경을 직접 눈으로 봤으니까.

대재앙 초기, 미친 국방부 새끼들은 열린 던전의 몬스터들을 처리하는 과정에서 일반 포탄이 다 떨어지니까 밀려오는 몬스터를 잡으려고 포병들로 하여금 백린탄을 쓰게 했었다.

그 이후 광경? 몬스터도 타서 없어졌지만 사람도…….

‘기억하기 싫은 광경이 떠오르는구만…….’

특히 미치도록 뜨거움으로 인해 강물에 들어가서 죽은 시체가 제일 많았던 기억이 생생하다. 괴로워하는 표정으로 물에 팅팅 분 시체의 얼굴은 최악이었지.

뭐, 고폭탄에 죽은 시체는 그저 터져서 시체 조각만 여기저기 흩어져 있을 뿐이니 그나마 낫긴 할 터였다.

'아니, 뭐가 되었든 그냥 다 최악이긴 하지만 말이지.'

"아, 다 찍었다. 레벨 업하면 우선 개틀링부터 마스터하고, 그다음엔 또 기다려야 하려나요?"

"어? 어, 그 전에 세연이에게 재료 신청해 달라고 해서 탄 전부 다 한 종류씩 들고 가서 던전에서 써 봐. 이번에 가는 데는 언데드 던전이니까 시험하기도 좋을 거야."

"예. 알겠습니다, 지부장님."

"그냥 오빠라고 부르면 참 귀여울 텐데……. 나 아직 21살밖에 안 됐거든?"

"근데 하는 행동이라던가 말투가 그냥 아저씨라서 그건 좀 그런데요?"

에라이……! 아니, 30대 중반도 잘생기면 오빠라고 해 주는 시대인데! 나 솔직히 못생긴 건 아니란 말이야(보통 남자들의 자신의 외모에 대한 생각). 오빠라고 불러 주면 덧나나? 결국 직급이라니.

어쨌든 이걸로 성아와의 면담도 끝났고, 1팀과의 회의도 끝이 났다.

그리고 나는 곧장 2팀의 사무실로 가기 시작했다. 신입 탱커를 뽑는 서류 면접을 도와 달라는 부탁이 있어서였다.

페이즈 8-2

우리는 히로인이 필요하다

2팀 사무실 앞.

"그나저나 2팀 사무실은 언제나 시끄럽네."

1팀 사무실은 전반적으로 아주 고요한데 반해서 2팀 사무실은 왁자지껄 시끄러웠다.

음, 1팀도 일을 깔끔하게 하고 아무 문제없지만 저렇게 열렬히 떠들면서 일하는 모습에서 호감이 올라가는 건 진짜 관리자의 심정이려나? 역시 사람은 외양과 분위기에 너무 휩싸이기 쉬우니 주의해야겠군.

"크! 일단 남자는 서류에서 다 걸러 버리고, 여자만 모아!"

"와, 얘도 귀엽다. 얘도 귀엽고. 하악하악!"

"수영복 심사 넣을 거죠? 팀장님?"

"자자, 우리의 공주님은 누가 되어 주실는지!"

"어라? 지부장님 오셨어요. 팀장님!"

이 자식들 지금 무슨 소리들을 하는 거지?

사무실에 들어가자 나를 발견한 한 명이 정상연 팀장에게 알린다. 다 큰 어른들을 제치고 꼬마 녀석이 팀장인 건 은근히 웃긴 일이었지만, 21살인 내가 한 지부의 지부장인 것도 말이 안 되는 현실이지.

사무실엔 수북이 서류 봉투가 쌓여 있었고, 모든 던전 팀원들이 그 서류들의 심사를 보는 중이었다.

"이게 다 탱커 입사 지원서야?"

"예. 지부장님 방송 이후 아주 산처럼 밀려오더군요. 우체국에서도 트럭을 빌려서 오게 될 줄은 몰랐다고 한탄했습니다."

수북이 쌓인 서류의 탑. 고작 탱커 1명을 뽑는 데 이렇게 많은 지원이라니. 아니, 애초에 우리나라에 이렇게 탱커가 많았나? 라는 생각도 들 정도였다.

이거 전주에서 온 서류고, 이건 부산. 아예 전국구로 문서들을 보내왔구먼?

방송이 확실히 홍보 효과가 좋군. 전국에서 지원자가 몰릴 정도라니. 어쩐지, 날 괜히 부른 게 아니구만!

"이게 다 지부장님 탓이니 도와 달라 한 겁니다."

“에라이, 그걸 아니까 온 거잖아. 그래서, 어떻게 분류하려고? 여기 팀이 원하는 탱커가 어떤 스타일인데?”

“그건…….”

“미소녀!”

“미녀도 좋아요!”

“기왕이면 선두에 서야 하니 누님이지!”

“로리 탱커 같은 건 역시 무리려나?”

나는 어이가 없다는 얼굴로 상연이 녀석을 바라본다. 이거 탱커 뽑는 거 맞아?

그러자 상연이 녀석은 이마에 손을 짚으며 한숨을 내쉰다.

“여기서 진지하게 탱커를 찾는 건 아마 저와 지부장님뿐일 겁니다. 하아~”

“실제 일하는 건 단둘뿐이라는 건가? 이런 제기랄! 그럼 저 바보들은 당장 퇴근시키지그래?”

“그게… 팀장이 남아 있는데 퇴근하는 건 한국 기업 문화의 전통에 어긋나는 거라고 말하더군요.”

일 없으면 늘 퇴근하라고 말해 놨는데…….

이 미친 길들여진 노예 양반들은 그래서 매일같이 저리 떠드는 거였구만!

“저놈들도 제정신이 아니군.”

“더불어 공학계는 어두워지기 전에 퇴근하면 손과 발에

가시가 돋친다나…….”

정말 잘 길들여졌군. 아니, 일에 도움도 안 될 거면서 뭐하러 있는 거야? 저 바보들, 닥치고 퇴근해서 여자 친구나 사귀러 다니거나 아니면 게임이라도 하며 놀 것이지. 어차피 일찍 퇴근해도 급료가 깎이는 것도 아닌데.

“그런 말은 지부장님이나 되니까 가능한 거라고요.”

“지부장님, 예전에 더블 데이트한 적도 있다면서요? 캬…….”

아, 세르베루아 양과 세연이랑 놀러 갔던 걸 말하는 건가? 근데 그건 누가 알려 준 거야?

어쨌든 중요한 건 내가 아니잖아, 이 미친 공학계 자식들아. 엘로이스 씨가 봤다면 가차 없이 너드(Nerd)들이라고 내뱉었겠구먼! 그러니까 이런 데서 궁상떨지 말고 나가서 놀아! 놀아! 놀라고! 이 멍청이들아!

참다못한 나는 지부장으로서 명령을 내리며 난리를 치는데…….

“미친놈들아! 일 안 할 거면 퇴근해서 나가 놀라고! 직장이 놀이터냐! 에라이 썅! 공돌이 새키들아!”

“끄아아아! 지부장이 퇴근하라고 행패 부린다!”

“나가서 놀라니! 저희에겐 무리예요! 고작해야 집에 가서 온라인 게임 삼매경이 전부라구요!”

“사실 우리가 있으면 엘로이스 님이나 세연 씨랑 야근 플레이를 못해서 그런 거 아니에요?”

야근 플레이는 뭐야, 야근 플레이가. 그런 거 없어도 어차피 이 건물 3층에 숙소가 있으니까 거기서 해도 충분한데?

아니, 내가 왜 이런 개소리를 하는 거지? 나도 모르게 침대 위에 누워 있는 세연이랑 엘로이스 씨를 상상해 버렸잖아.

빌어먹을! 요즘 제대로 자가 발전(?)을 하질 못하니 더럽게 쌓여 있었나 보군.

"하아~ 정정하겠습니다. 일하는 건 오로지 저 혼자뿐이군요. 지부장님도 도움이 안 되네요."

"일단 이 바보들을 치워야 뭘 하든가 하지! 걱정 마라. 이 바보들아! 내 반드시 딴딴하고, 센스 있는 탱커로 찾아줄 테니, 안심하고 나가 놀아라!"

"그래 놓고는 근육 떡대 탱커 구하면 우리 파업할 거예요!"

"맞다. 우리도 세연 짱 같은 미소녀를 원한다능! 크… 세연 짱 마지모엣! 피규어 만들까낭!"

우선 저 이상한 소리 하는 놈부터 치우고 싶다.

아니, 진짜로 이 미친놈들아, 던전 일이 장난도 아니고, 차라리 치어리더를 불러 달라고 해. 무슨 미소녀 탱커야.

물론 세연이를 2팀으로 보내는 게 더 현실성 있겠지만, 아마 난리치겠지. 요즘 가뜩이나 예민한 애한테 팀까지 옮기라고 했다간 완벽한 배신 플래그다.

'이거 무슨 하렘 관리하는 것도 아니고! 나중에 데이트라도 한 번 해 줘야 하냐? 아니, 이젠 내가 내 사생활까지 쪼개서 여자애들 호감도 같은 걸 관리해 줘야 하는 건가? 란X냐? X스냐고? 그런 건 게임에서만 하고 싶다고! 리얼은 피곤하다니까…….'

"음… 레어 클래스도 몇몇 지원했군요."

"레어 클래스라고 다 좋은 줄 아냐? 다크 나이트 진서 형님 개고생하는 거 안 보여? 탱커는 기본적으로 튼실한 게 짱이야."

높은 체력, 단단한 방어력, 어그로 관리 능력과 위급 시 사용할 생존기. 거기에 덤으로 기동성까지 갖추면 좋겠지만 대부분 중갑을 착용하는 탱커 클래스의 특성상 거기까지는 무리더라도 어쨌든 탱커는 기본이 중요하다는 거다. 기본! 스탠더드가 최고란 말이지.

그리고 당연히 덩치도 크고 해야 땅에 닿는 자세가 안정적이라서 남성이 좋은 건데…….

"그런 거 필요 없다. 우리에게 미소녀를 달라!"

"맞다. 팀장이 신경 써서 탱하면 되는 게 아닌가?"

이 미친놈들을 어떻게 해야 좋을까? 이 사무실에 여자 관리인이라도 둬야 하나?

야, 실제 여성은 세연이 같지가 않다고! 세연이 걔가 특별한 거란 말이야.

어쨌든 새로운 탱커를 구하는 일은 큰 난항을 겪을 거 같다. 일단 이 공학계 바보들을 어떻게 하기보다는 탱커 적합자 서류를 뒤지는 게 나을 거 같아서 서류를 뒤지기 시작한다.

"뭐야? 42레벨 바위왕. 이 아저씨도 신청했네?"

"어? 정말이네요. 한국에 몇 없는 40레벨 대 탱커 중 한 명이잖습니까?"

"그게 누굽니까?"

42레벨 바위왕.

본래 직업은 정령술사이지만 돌, 바위 정령 특성을 타서 지금은 완벽한 퓨어 탱커가 된 남자이다.

몸 일부를 석화시키거나 바위 벽 등을 쌓고, 지반을 무너뜨리는 등등 땅이 있는 곳에서는 유틸력이 좋지만 그 반대로 땅이 없는 곳에서 급무력해지는, 완전 잉여가 따로 없는 양반이다. 그래서 일이 없을 때는 공사판에서 흙더미 나르면서 일하던 아저씨인데…….

"이 아저씨는 좀……."

"그쵸? 특정 던전만 갈 것도 아니니까요."

"그것도 그런데 이 아저씨, 술만 먹으면 완전 개란 말이야."

특정 던전에서만 강한 캐릭터는 우리 드래고닉 레기온 특성상 좀 받기가 그랬다. 게다가 개인적인 성격까지 알고 있는 이상, 이런 개차반 아저씨는 받을 수 없고 말이다.

근데 나보다도 우리 2팀원들은 그저 아저씨를 안 받는다는 이유로 신나게 좋아하고 있었다.

아니, 그러니까 일 없으면 퇴근하라고, 이 등신들아! 가서 자기 개발에 힘쓰란 말이야!

"댁들, 이제 드래고닉 레기온 단원과 같은 월급도 받고, 퇴근해서 여유 시간을 가지면 되는데 왜 이 지랄이야?"

"사실 저희 적합자가 되고서 연구밖에 못해서 바깥세상이 무섭다고요."

"스캐빈저가 인신매매하는 거 아니겠죠?"

어우, 이 소심한 못난이 오타쿠 새끼들!

어쨌든 탱커는 던전 파티의 기둥이다. 놈들의 취향이 어쩌고저쩌고 할 때가 아니다. 대신에 여성 힐러를 영입해서 이놈들을 달래야겠다고 생각한 나는 열심히 서류를 검토한다. 에휴, 이거 언제 다 끝내나?

"와! 얘 귀엽다."

"어디어디?"

"우와! 레알 미소녀네!"

신경 끄자. 옆을 보니 상연이도 체념한 채 서류만 뒤적거릴 뿐이다. 한시라도 빨리 후보군을 뽑아서 분류해야 하니까 말이지. 이미 몇 명을 뽑았는지 서류 몇 개를 자신의 서랍에 넣는 상연이었다.

진짜 이런 꼬맹이도 열심히 일하는데, 어른이라는 것들이 지금 입사 지원서 가지고 저게 뭣들 하는 짓인지.

"야! 이건 수영복 사진도 있다. 캬아!"

"미인계 쩌네염!"

"근데 클래스가 마법사인데? 간달프신가? 힘탱하시려고?"

더불어 입사 지원서에는 탱커가 아닌 클래스면서 써 보낸 몰상식한 인간들도 있었다.

아, 근데 힐러 지원서는 좋은 기회 같으니 빼 둬야지. 엘로이스 씨는 한국 그랜드 퀘스트에는 참여하지 못하니 한 명 더 구해야 했다.

보자, 탱커… 탱커, 좋은 탱커.

"어? 지부장님, 검투사 클래스, 스킬 트리 안 적은 사람은……."

"빼."

"빼십시오."

아예 클래스 자체를 비밀로 하면 모를까(자기 보안 문제 때문에)? 클래스를 멀쩡히 적어 놓고는 스킬 트리를 안 써 놓았다는 건 야바위다. 즉, 탱커 스킬을 찍지 않았습니다, 라고 스스로 고백하는 거다. 한마디로 딜 스킬에 몰빵 찍어 놓고, 탱커랍시고 지원한 거다.

당연하겠지만 우리가 원하는 탱커는 딜 스킬이 아니라 탱커 스킬에 충실한 단단한 탱커다.

“어? 지부장님, 이 클래스는 뭔지 아세요? 처음 보는 클래스인데…….”

“뭔데?”

“블라드 체페슈요.”

그거 딱 봐도 흡혈귀잖아, 미친놈아.

세상에 별별 레어 클래스가 있다지만 그런 것도 있… 하긴, 데스 나이트도 있는 판국에 뱀파이어 레어 클래스가 나오지 말라는 법은 없으니까.

근데 이러면 드래고닉 레기온 한국 지부 탱커들은 인외마경이 되어 버릴 판국이군.

“뭐, 애초에 탱커도 아닐 텐……! 뭐여, 씨발?”

“각종 흡혈 마법, 변신술, 안개술, 주 무기를 총으로 사용하는 스타일리시 하이브리드 탱커라고?”

“야, 얘 무조건 면접에 불러라. 한번 보고 싶네.”

“부르긴 해도 저희와 어울리진 않을 거 같은데요. 퓨어 탱커도 아니고, 이쪽도 만만치 않게 상성 심하게 탈 거 같은데…….”

뭐, 그렇겠지. 태생이 탱커가 아니니. 저 뱀파이어는 결국 스킬과 능력의 조합으로 탱커가 될 수도 있는 클래스라는 게 더 정확하리라.

진서 형님의 전례처럼 우려가 되긴 하지만, 그래도 한번 보고 싶단 말이야! 흡혈귀는 중2의 로망이라고!

다들 소싯적에 달타입 회사에서 나온 게임 해 봤을 거 아냐! 그치? 지금도 그 회사에서 이번에 운명 신작 내려고 하고 있던데…….

"지부장님, 뭘 좀 안다능! 와! 여자다! 이 애 여자다! 지부장님이 여자 탱커를 뽑으셨다. 그것도 로리야! 로리!"

"미친놈들아! 그냥 면접만 볼 거라고!"

"하아… 제발 다들 좀 나가 버렸으면 좋겠다."

어쨌든 이날, 오랜만에 찾아온 귀한 여유 있는 날, 엘로이스 씨도 방송 때문에 힘들었을 테니 과제고 숙제고 하나도 안 내준 이 황금스러운 휴일 날.

난 새로운 탱커 후보를 뽑느라 밤 11시까지 2팀 사무실에서 이 미친놈들과 떠들어야만 했다.

그리고 정리한 힐러 자료를 세연이에게 맡기려고 1팀 사무실로 가니, 아직도 그녀는 사무실에서 일하는 중이었다.

"세연아, 아직도 일하니?"

"응."

뭐랄까? 쿨하게 대답만 하고, 컴퓨터에서 시선을 떼지 않는 그녀를 보니 미묘한 기분이 든다. 마치 사춘기를 맞은 딸자식을 둔 아빠 같은 기분이다.

도대체 뭘 보나 싶어서 가 보지만, 다닥하는 키보드 소리와 함께 그녀의 바탕화면만이 날 반겨 준다. 마치 야한 걸

보다가 들킨 패턴 같은데 이거…….

"그보다 너 바탕화면 나로 했냐? 이, 이거 맨vs런닝에 나왔던 장면이네."

"아저씨가 이쁘게 찍혀서 바탕화면으로 했고, 짠~ 여기 휴대폰 대기 화면도 아저씨야. 그리고 혹시 몰라서 네이X에 아저씨 팬 카페도 미리 만들어 놨지만 아무도 가입자가 없어서 아저씨 사진첩으로 잘 쓰고 있어. 아, 근데 악플이랑 아저씨 저주글은 엄청 많이 달리더라."

오랜만에 세연이의 부끄부끄 공격을 맞는군.

그나저나 내 팬 카페를 네가 왜 만들어? 비서 업무의 일환인가? 그런데 게시물이 오로지 내 욕이랑 악플뿐이면 이게 팬 카페냐? 안티 카페지!

하지만 뭐랄까, 여전한 세연이의 감정을 알게 되니까 이상하게 안심이 되는군. 매일매일 진지하게 일도 열심히 하고, 특히 내가 귀찮아하는 방송사 일정을 깔끔하게 조율해 주는 1팀의 1등 공신이다. 특히 잠을 안 자도 되는 데스 나이트의 특성, 한국에서는 진짜 우월하군.

"하하, 그건 그렇고, 세연이 너는 안 쉬냐? 암만 잠을 안 자도 되긴 해도 휴식이라던가 뭔가 취미 생활 같은 거라도 있어야지. 탱커가 얼마나 스트레스 받는 직업인데……."

"세연의 스트레스는 아저씨만 있으면 해결돼."

"아니, 아무리 그래도 스트레스를 나만 가지고 풀 순 없으니까 나가서 놀던가 하라는 이야기인데?"

"아저씨, 혹시 지금 데이트 신청?"

"이게 어떻게 그렇게 되는데?"

"나가서 놀던가? → 내가 나가 놀고 싶다. → 남자 혼자서 나가 놀긴 그러니까 귀여운 세연이랑 나가서 놀고 싶다. → 고로 세연이랑 데이트하고 저녁엔 호텔을 가고 싶다. → Profit."

네 머릿속을 한번 조사해 보고 싶다. 방금 전까지 서운하던 거 다 날아가 버리긴 했지만. 뭐, 이래야 세연이지. 너무 부정만 해서는 나중에 자던 중에 덮칠지도 모르는 등 극단적인 행동을 할지도 모르니, 이쯤에서 당근 하나 정도는 줘야 할 거 같다.

내가 괜히 탱커가 아니다. 피할 수 없으면 최대한 데미지를 적게 받을 각오가 가능한 남자다.

"그러면 이번 주 일요일 데이트할래?"

"……."

"대신 장소라든가 코스는 세연이 네가 정해서 와. 전에도 내 취향대로 놀러 다니기만 했으니……."

"단둘이? 엘로이스 씨 없이?"

"어, 단둘이."

샤아아아아

뭐야? 뭐야? 나 쟤가 저렇게 기뻐하는 눈빛 처음 봤어! 기뻐면 눈에서 황금빛이 나는구나!

얼굴은 여전히 무표정이지만 눈빛과 눈매가 살짝 웃고 있는 걸 보아선 저건 무지무지하게 기쁜 거다. 자신의 패시브를 뛰어넘을 정도로 기쁨을 표시한 거니 말이다.

"후후후… 이걸로 아저씨 엔딩이 보였다!"

"그런 거 안 보여. 이상한 포즈하지 말고, 어차피 내 일정 네가 조절하니까 알아서 할 수 있지?"

"응! 기대해도 좋아. 후후후."

내가 제의하고도 무섭구만.

결국 세연이가 몰래 하던 게 뭔지는 못 봤지만, 그녀의 한결같은 마음은 그대로인 거 같았다. 덤으로 일요일에는 엘로이스 씨에게 어떻게 해서든 강제로 휴가를 줘야겠군.

어쨌든 그렇게 말하고 나오는데… 나온 순간, 어디서 나타났는지 모를 2팀 애들이 날 바라보며 눈물을 흘리고 있었다.

"역시 지부장님이야. 엘로이스 님도 있는데 미성년자에게 데이트 신청이라니! …가차 없죠!"

"와, 패기 지린다능!"

"역시 얼굴, 직업, 능력 다 되니까 여자가 그냥 넘어오는구나!"

…아니, 너희도 엄연히 같은 드래고닉 레기온 길드원이라서 다들 전문직, 고연봉 종사자잖아. 그리고 다들 대학까지

멀쩡히 졸업했으면서 능력을 어디서 따져? 얼굴은 나도 솔직히 평범한 레벨인데…….

"그냥 너네 다 여자에게 말 걸 배짱이 없는 게 문제라서 그런 아니냐?"

"컥!"

"지부장님, 직사의 마안을 쓰셨다능! 컥!"

"여, 역시 나는 옳았어. 지부장님이 키라다……. 풀썩!"

저 자식들, 이젠 그냥 재미 들렸구만? 난 한숨을 내쉬며 내 사무실로 돌아간다.

그냥 이 힐러 자료는 내가 정리해야 할 팔자 같으니 엘로이스 씨에게 도와달라고 해야겠다.

30분 뒤.

"후우… 이제야 아저씨, 돌아갔네."

강철이 나간 것을 확인한 세연은 다시 내렸던 창을 올린다. 의도하고 바탕 화면과 휴대폰 대기 화면을 강철로 해 둔 건 아니지만, 어쨌든 그로 인해 자신이 몰래 계획 중인 일을 안 들켜서 다행히었다.

요 며칠간 계속 남는 시간 포함해서 밤을 새어 가며 정리한 데이터. 바로…

“데스 나이트의 스킬 자료.”

100퍼센트 정확한 건 아니지만 몬스터 ‘데스 나이트’의 경우 모든 스킬 레벨이 마스터로 나온다는 점을 이용해서 레이드 영상, 그리고 분석된 자료를 전부 모아 공통 분모를 판별해서 스킬들을 찾아낼 수 있었다.

그리고 현존하는 유럽 최고 레벨 데스 나이트 몬스터는 바로 89레벨의 독일 북부에 위치한 가이스트 성의 ‘로드 데스 나이트’였다.

아직 공략되지 않은 그 데스 나이트의 난이도는 거의 그랜드 퀘스트급이라고 판단될 정도다.

독일에 있는 길드들은 유럽 연합을 통해서 공략에 힘쓰고 있지만, 수하로 있는 데스 나이트들도 각기 마법, 검술, 사령술, 탱커 스킬, 저주 등 다양한 스킬들을 흩뜨려서 가지고 있는 데다, 더 무서운 전부 다 기본이 딜탱형이라서 맷집이 엄청 단단하다는 점이다.

“이 공략 영상의 로드 데스 나이트는 심지어 8명의 데스 나이트를 데리고 나오는군요.”

물론 그 8명이 한 번에 나오면 그랜드 퀘스트도 뺨 때릴 정도의 난이도가 되어 버려서 사실상 2명씩 네 번에 걸쳐서 나온다. 즉, 끝날 때까지 탱커 3명씩 필요한 극악의 네임드인 것이다.

유럽 연합으로 한 번 잡아 보려고 했으나 드래고닉 레기온이 들어가서도 실패할 정도였다.

'2페이즈에 하필 〈용살의 기사-드래곤 베인〉이 나타나는 바람에…….'

지크프리트 씨가 들고 있는 것과 유사한 대용종 무구를 지니고 있는 데스 나이트로, 공략 영상을 보면 한창 탱킹을 하고 있던 지룡(날개 없는 용)이 3분도 못 버티고 죽어 버리는 것이 보인다.

즉, 드래고닉 레기온의 자랑인 용종 탱킹이 불가능한 네임드가 끼어 버리는 바람에 실패한 것.

더불어 지크프리트 씨도 여기서는 용종을 타지 못한 채 싸워야 해서 필살기도 봉인되었고, 무기도 전용 무기가 아니라 브류나크로 상대해야 했기에 전에 바실리스크 레이드 때 보여 주었던 압도적인 모습은 볼 수 없었다.

"과연 저러니 데스 나이트하면 치를 떨만 하네요."

처참한 결과.

그랜드 퀘스트도 클리어했던 드래고닉 레기온이 로드 데스 나이트 레이드에 실패하고, 사람들은 각자 후퇴해서 크리스털을 사용한다. 후퇴하는 드래고닉 레기온 길드원 중에는 은빛의 갑옷을 입은 엘로이스도 포함되어 있었다.

결국 힐러, 딜러, 탱커의 무수한 손실을 포함해서 힘겹게 테이밍한 용종 6마리의 죽음이라는 처참한 결과를 맞이하게 되는 자막으로 종료된다.

"로드 데스 나이트."

마치 자신의 미래를 바라보듯, 로드 데스 나이트가 후퇴하는 적들을 바라보며 포효하는 것을 그대로 지켜보는 세연이었다.

강자의 길, 최강의 길이 자신의 앞에 펼쳐진 것을 확인한 그녀였다.

그리고 일을 마친 그녀는 자료를 엄중하게 숨겨 두고는 강철과의 데이트를 고민하기 시작했다.

페이즈 8-3

대공동묘지 던전

다음 날.

1팀은 오늘 던전으로 출진했다.

내가 안 가니 불안하긴 했지만, 그래도 엘로이스 씨도 대동했으니 큰일은 없을 것이라 믿으며 나는 오늘의 스케줄을 살핀다.

그러니까? 리얼 예능 버라이어티 '2박 3일' 촬영인가? 보자, 이건 날 데리러 오는 거군. 내일 오전에 문 열어 놓으라고 상진이에게 말해야겠다. 2박 3일이라는 이름을 보아선 캠핑 같은 거 가나 보네? 그 전에 1팀을 배웅해야지.

"빠진 거 없지? 크리스털, 성수, 포션, 가방, 장비 내구도, 메모라이즈, 탄환 등등."

"응. 한 번 더 확인했어."

"잘 다녀오고, 스캐빈저 보이면 그 새끼들은 사람이 아니니까 쏴서 죽여. 내가 책임질 테니까."

옛날처럼 막 인권이니 개소리하기만 해 봐라. 멀쩡한 같은 적합자를 죽이고 납치해서 팔아먹는 그 새끼들은 문답무용으로 처죽이는 게 답이다.

바이러스 같은 새끼! 좀비 같은 새끼! 마귀 같은 새끼! 놈들은 사람이 아니다. 몬스터다. 무조건 보이는 대로 족쳐야 한다.

"보안팀 분들, 알겠습니까? 스캐빈저는 뭐다?"

"서치 앤 디스트로이!"

"다시 한 번!"

"서치 앤 디스트로이!"

"그걸 위해서 여러분에게 인간형에 특화된 장비와 아이템을 영웅 등급으로 투자한 겁니다. 찾는 즉시 죽이세요. 놈들의 목 하나하나가 여러분의 돈이고, 실적입니다."

"써! 옛써!"

좋았어! 이걸로 충분하다.

상진이의 인맥으로 알게 된 스캐빈저 헌터들! 데몬 블레이드, 악마를 빙의시켜서 싸우는 이블 포스, 인간형을 상대하면 할수록 강해지는 맨 이터, 본 클래스는 거너이지만 철저히 인간형을 잡는 데 특화된 엘리트 스나이퍼, 마지막으로 전통적인 강력한 암살자 어쌔신 총 5명이었다.

오늘 제1던전팀의 경비를 맡아 줄 호위는 3명으로, 이블 포스, 맨 이터, 엘리트 스나이퍼였다.

가는 김에 용돈 벌이도 하라고, 주변의 스캐빈저 놈들도 죽이라고 명령해 둔다.

"이걸로 안심이군."

"아저씨, 무슨 군인 소좌 같아."

"크크큭, 제군들… 나는 전쟁이 좋다. 이런 거?"

"멋있어. 그럼 다녀올게."

마지막으로 개드립까지 주고받으며 세연을 보내는 나였다.

그리고 세연이 먼저 출발하고 그 뒤를 따르는 1팀이었는데, 엘로이스 씨가 가다가 말고 나에게 다가온다.

"정말 오늘 모시지 못해도 될는지요?"

"걱정 마. 도와줄 사람 구해 놨어. 하하하."

"그렇다면 안심입니다만……."

나는 안심하라는 듯 미소 지으면서 엘로이스 씨도 떠나보냈고, 결국 엘로이스 씨도 던전을 향해서 사라졌다.

이제 남은 건 여전히 신입 탱커에 대해서 이상한 대화를 떠드는 2팀과 남은 보안팀, 그리고 식당에서 일하는 종업원들뿐이었다.

던전 팀이 나가 버리니 그분들도 한산해졌겠군. 남은 사람이 10명 정도밖에 안 될 테니 말이야.

"음……."

"팀장님, 후보 30명을 뽑아서 수영복 심사시키죠!"

"…남성도 들어 있는데?"

"에이! 남자는 빼야죠! 여자들만 수영복 심사 들어가죠!"

"탱커를 뽑는 건데 무슨 얼어 죽을 소리냐?"

이놈들, 진짜 꾸준히 병신 같은 놈들이군.

하지만 정말로 탱커를 여자로 뽑는다는 건 세연이처럼 특출 나지 않은 이상은 무리였기에 난 미리 저 바보들을 제어할 수단을 마련하기로 한다.

이이제이, 공학계는 공학계로 제압한다. 어쨌든 던전의 탱커는 아주 중요한 역할, 그걸 저놈들 꼬추의 취향에 맞출 수 없으니 말이다. 이미 예산도 뽑아 놨다.

난 휴대폰을 들어서 전화를 건다.

(뭐야? 이른 아침에 웬 전화?)

"미래 님, 저와 계약해서 드래고닉 레기온의 마법 소녀가 되어 주심은……."

(아, 스팸이네. 끊는다?)

"농담이야! 농담! 하하하, 그래, 잘 지내고 있냐?"

(잘 지내긴……. 씨이, 오늘도 12시까지 야근해야 할 팔자구만. 하아~ 내가 뭐 때문에 이러고 있는 건지.)

여전히 공밀레 인생이군. 한국 공학계 적합자들의 숙명

과도 같은 걸까? 적합자인 걸 각성한 순간 교육소에 들어가서 교육을 받고 곧장 기업에 들어가는 루트를 밟게 되니 말이다.

원래 처음부터 영입하고 싶었지만 조직의 구조가 만들어지지 않았고, 나도 바빴기에 미래의 자리를 찾기가 어려웠다.

'하지만 지금은 딱 적재적소의 자리가 생겼지.'

(그래서? 용건이 뭐야?)

"매일 야근하는 생활이 힘드십니까? 그런 당신에게 드래고닉 레기온 지부장인 제가 드리는 특별 찬스! 마침 공학계 인원들을 관리하는 관리직이 하나 비어 있습니다. 지옥 같은 야근에 시달리는 당신에게 저녁의 석양을 보며 퇴근할 수 있는 빅 찬스! 더불어 연봉은 드래고닉 레기온 본국의 2년차 근무자와 같이 취급해 드릴 테니, 어떻습니까?"

훗, 어떠냐? 이 조건이? 참고로 우리 드래고닉 레기온 한국 지부는 내가 지부장이라서 퇴근 정책은 무조건 일 끝나면 가는 거다. 하하하!

대신 레벨 업 중심이라서 던전 업무가 많은 게 탈이긴 하지만, 이만하면 완벽하지. 어제 탱커 지원자랍시고 온 서류의 양을 보면 이 지부가 얼마나 꿀 같은 일자리인지 금방 다가올 터였다.

(…뭐야? 갑자기 그렇게 말해도……. 주, 주요 업무는 뭐

야? 던전 가야 하는 거 아니야?)

"안 가. 안 보낼 거야. 내가 필요한 건 우리 던전 팀 중 하나가 싸그리 공학계 멤버거든? 근데 그 바보 자식들을 관리하고, 서포트해 줄 오피서가 필요하다는 거지."

(응? 넌 공학계가 아닌데 무슨 공학계 던전팀이 있어?)

"2팀 운용합니다, 미래 누님. 1팀은 이미 구조가 완성되었는데 2팀도 꾸린지라……. 거기 관리할 오피서가 추가로 필요해서. 이 자식들 전부 다 공학계고, 미래 너도 공학계이니 서로 이해도 쉬울 거 같고. 어쨌든 와서 이 바보들을 좀 통제해 주십시오, 미래 누님."

(후, 알았어. 생각해 보고 전화 줄게.)

"기왕이면 빨리 좀… 아, 그리고 나 오늘부터 방송 촬영 있어서 한 3~4일간 바쁠 테니 전화 못 받아도 이해 좀 해 줘~ 아니면 메일로 보내 두던가. 그러니까 나… 이런! 벌써 왔네. 먼저 끊는다."

띠리링~

입구의 자동문이 열리는 소리가 들리고, 꽤 많은 인파와 카메라를 든 사람들이 우리 지부 안으로 들어오고 있었다. 가슴에 'KBX 2박3일 스태프'이라고 하는 명찰을 달고 있는 사람들이 대부분이었다.

"안녕하십니까~ 2박 3일! 오늘의 특별 게스트를 모시러 이곳까지 찾아오게 되었습니다. 아이고! 저기 계시네! 크으! 전화 들고 계신 거 보니 일하고 계셨구나~ 안녕하세요~ 하하하!"

선글라스에 통통한 몸매의 래퍼 같은 모습을 한 남자가 나에게 다가와 인사를 한다. 이 사람도 연예인이구나? 개성이 넘치네.

어쨌든 갑작스럽게 방송이 시작되다 보니 미래에게 제대로 설명을 못 끝마친 채로 또 다른 방송을 진행하게 되었다.

"그나저나 강철 씨, 엄청 이쁜 메이드 분 있다고 들었는데~"

"걔 던전 갔어요."

"으아아! 소문 듣고 한번 보고 싶었는데 하하하! 아쉽네요."

"그 맨… 이거 말하면 안 되는 거였죠?"

"처음 촬영에서는 거침없이 말하시더니 이제 방송 좀 아시게 됐나 보네요! 하하!"

"그냥 모르는 채로 제 할 말 해도 되면 상관없긴 한데, 삐- 처리 많이 하셔야 될 거예요."

나는 메인 MC인 왠지 오타쿠 동족의 냄새가 나는 이 사람과 계속 이야기를 나누면서 본격적으로 2박 3일의 일정을 지내러 출발했다.

방송이라는 거 상당히 귀찮구만…….

✦ ✦ ✦

던전-대공동묘지.

던전 1팀이 포털을 타고 들어간 곳은 어느 한 언덕 위였다.

아무래도 시작 위치였던 거 같고, 주변을 거대한 돌산들이 둥그렇게 둘러싸고 있는 곳이었다.

돌산은 특수한 장비 없이는 못 넘을 거같이 뾰족하면서 빼곡하게 들어서 있었는데, 이 원형지의 면적은 대략 종합운동장의 절반 정도 되어 보였다.

언덕 아래에는 어두운 안개가 펼쳐져 있었고, 안개 틈 사이로 수많은 묘비들과 구울과 좀비들이 서성이는 모습이 보인다.

"저 아래가 전부 구울과 좀비들이라는 거군요."

"〈액티브-언데드 탐색〉에도 너무 빼곡하게 나타나서 숫자를 셀 수가 없을 정도군요."

"허허허, 그럼 구울왕이라는 보스 몬스터는……?"

서경학의 질문에 엘로이스는 손가락으로 언덕 아래 묘지의 가운데 쪽을 가리킨다.

안개 속을 자세히 들여다보니 그녀가 가리킨 곳에는 다른 구울보다 훨씬 거대한, 마치 사람의 시체들을 엮어서 만든 듯한 인공적인 시체 괴수가 서 있었다.

〈구울왕 (Lv.30)〉

체력 : 200,000/200,000

물리 방어력 : -20%

마법 방어력 : -20%

저번의 좀비 드래곤처럼 물리와 마법 방어력이 마이너스를 가리키고 있었다.

하지만 그만큼 엄청난 체력을 자랑했다.

그의 뒤에는 붉은색 오벨리스크가 하늘을 향해서 빛을 뿜어 대고 있었다. 즉, 저 구울왕만 잡으면 이 던전은 클리어나 마찬가지라는 소리인데…….

"오픈 필드 타입의 던전이라. 자칫 잘못하면 끊임없이 언데드의 파도가 몰려오겠네요."

"대충 탐지 스킬을 통해서 세어 보니, 저 묘지에 있는 구울과 좀비의 숫자는 약 1,500마리입니다."

"1,500마리."

평균 레벨 27인 구울과 좀비들이 1,500마리. 그 규모를 듣고도 태연한 것은 엘로이스뿐이었다.

많아도 너무 많았다. 더구나 아틸러라이저인 유성아와 울프 드루이드인 은랑은 고작 16레벨이라서 10렙도 넘는 몬스터들이 즐비한 곳을 보며 굳어 있을 수밖에 없었다.

"풀링(Pulling)해서 각개 격파할 수 있을까요?"

"저거 아무리 봐도 하나 끌어오면 우르르 몰려오는 타입 같은데요? 그 있잖습니까? 몬스터가 하나 나오기 시작하면 보스가 나올 때까지 끝없이 내려오는 던전요."

구울과 좀비들이 어슬렁거리고 있는 모양새가 너무 심하게 뭉쳐 있었다. 딱히 어디론가 흩어지는 게 아니라 밀집한 채 멍하니 고개를 돌리며 썩어 갈 뿐이다.

하지만 밀집도가 높은 만큼 하나의 신호에 우르르르 몰릴 수도 있다는 이야기였다.

"음, 어떻게 하실는지요? 일단 퇴각하시는 건?"

"기껏 온 곳이니… 저희가 공략을 시도하겠습니다."

"흐응~ 마음대로 하세요. 메인 탱커님~"

세연에게 이죽거리는 엘로이스였다.

강철이 예능 방송 찍으러 갔을 때 이 파티의 운용 권한은 그녀에게 있었다.

"어쨌든 전투를 시작하면 되돌릴 수 없으니 신중해야겠습니다. 우선 주변 탐사부터 하죠. 성아 양은 남아 주시고, 은랑 님, 간달프 님, 주변 순찰을 부탁드립니다."

우선 주변 탐색을 실시하는 던전 1팀이었다.

다른 곳에 혹시 구울과 몬스터가 나타날 수 있나? 혹은 사용할 만한 지형, 물의 존재 유무. 그러다 언덕 근처에 호수가 하나 있는 것을 발견한다. 즉, 거점으로 사용할 장소를 발견한 것이다.

"물이 있군요. 마실 수 있는지는 모르겠지만……."

"일단 여기서 짐을 풀고 회의를 하는 게 좋겠군요."

호숫가에 짐을 푼 던전 1팀 일행은 우선 모여서 회의를 하기 시작한다.

각자의 장비를 착용하고, 지도를 그린 다음 몬스터의 분포도를 그린다.

그저 보스 몬스터를 중심으로 원형으로 빼곡히 모인 게 전부인 간단한 분포도.

풍선에 물을 담은 것 같은 모습으로 한 군데를 찌르면 둑 터진 댐처럼 흘러나올 것이다. 살아 있는 자를 잡아먹으려는 시귀 놈들이 말이다.

"숫자가 문제네요. 전투 시작하면 휴식도 없이 저 약 1,500마리의 몬스터를 상대해야 한다는 거네요."

"포션과 물약, 성수는 충분하지만 문제는 전투를 행하는 인간의 피로입니다."

게임의 캐릭터들은 명령을 내리면 죽기 전까지 계속 움직인다.

하지만 인간은 다르다. 숨을 쉬고, 피로는 누적이 된다. 저만한 숫자를 처리하려면 며칠 내도록 밤을 새어 가며 싸워야 할 것이다.

일반적인 길드라면 아마 물자 부족으로 돌아가거나, 아니면 대규모 인원을 입던시켜서 요새를 만들고 공성전 방식으로 교대해 가며 몬스터를 처리하는 방향으로 싸웠겠지만…

"이곳에는 고작 6명뿐. 엘로이스 님의 치유 스킬이 우수하다고는 하지만 며칠 내도록 싸우는 건 무리지요."

"허허, 역시 좀 힘들지 않은가? 저 숫자는?"

"역시 그래야 하려나요?"

"……."

다들 세연을 바라보면서 부정적인 의견을 내놓는다.

몬스터가 많아도 너무 많았다. 단 6명이서 공략할 규모가 아니다.

그렇다고 여기 마법사가 대규모 광역 마법에 능통한 것도 아니고, 엘로이스의 퇴마 스킬에 광역 스킬이 있다지만 그녀는 힐러로서 마력을 소모해야 한다. 자신만 살겠다고 나설 거면 애초에 이런 던전을 공략하지 않았을 거지만 말이다.

다들 이 던전이 불가능하다고 생각하고 있었는데, 세연은 그런 팀 멤버들에게 단호하게 한마디를 한다.

"하지만 아저씨는 그걸 알고도 우릴 여기에 보냈어. 외주 받은 패스파인더와 레인저의 자료 모두를 받고서 우리보고 여기에 가라고 한 거야."

"허허, 그 친구가?"

"음……."

세연이 이 던전의 파견에 대한 강철의 의사를 말하자 팀 멤버들은 크게 동요한다.

엄연히 그는 220개나 되는 던전을 클리어한 베테랑 적합자이다. 그런 그가 이 던전의 자료를 모르고 제1팀을 이곳에 보냈을 리가 없다.

그러면 결론은 하나다. 여기서 만약 돌아간다면 강철은 짜증 난다는 얼굴로 1팀원들을 바라보며 이렇게 말할 것이리라.

'깰 수 있으니까 보냈는데 왜 돌아온 겨? 그 경험치 노다지를 버리고 크리스털 값만 300만 원 쓰고 온 겨?'

그 무렵.

강철은 연예인들에게 둘러싸여서 곤욕 중이었다. 아니, 곤욕이라기보다는 정말 이래도 되는 거야? 라는 고민이었다.

난 지금 래퍼같이 생긴 이 프로그램의 MC와 즐겁게 이야기를 나누고 있긴 한데…….

"이야, 요즘 애들도 에바 알아요? 캬아!"

"명작은 언제 봐도 명작이라는 거죠. 레이는 아마 애니메이션 업계가 멸망하지 않는 이상은!"

"뭘 좀 아시는 분이네! 하하하! PD님, 이분 우리 고정 하면 안 돼요? 늘 혼자서 공중파에서 오타쿠 짓 하느라 외로웠는데!"

[그분 적합자 일 하시는 분이라 연예인 아닙니다.]

예능마다 하는 일이 다르긴 하지만, 여기는 좀 더 편하게 이야기를 하면 되는 거 같았다.

뭐랄까? 진짜로 남자들끼리 여행 가면서 떠드는 그런 건가? 중간중간 제작진들에 의해서 게임을 하는 거 같기도 하고, 그냥 즐겁게 노는 분위기다.

'예능이라는 거, 도통 분위기를 모르겠네.'

차를 타고 오면서 바깥의 풍경을 잠시 바라본다. 여느 때와 같은 고속도로의 풍경이지만 저 산 너머에 아직도 닫히지 않은 던전과 몬스터들의 존재가 있는 세상이라는 게 차이점이다.

그리고 생각에 잠긴 내 눈에 띄는 것이 있었다.

〈저는 대재앙 때 열시미 탱킹하다가 이러케 다쳐서 일을 할 수가 없습니다. 조금만 도와주세요.〉

목에 팻말을 걸고 앉아 있는, 수염이 덥수룩하고 양팔이 없는 30대쯤으로 보이는 남성의 모습이었다.

팻말의 글씨체는 한없이 지렁이 같았는데, 앞에는 적선을 받는 작은 소쿠리가 있었고, 그 안에는 동전 몇 개와 천 원짜리 몇 장이 들어 있었다.

'큭…….'

가슴이 아파 오는 광경이다. 같은 탱커가 저리 비참한 모습으로 구걸하고 있는 모양새. 아마 수많은 탱커들이 지금도 저리 비참한 삶을 살고 있겠지.

그에 비하면 내 처지는 천국? 하아~ 마음이 불편하구만~

"아이고, 갑자기 왜 이리 다운되셨어요? 하하하."

"아, 그게, 오늘 던전 간 저희 길드원들이 떠올라서요. 잘하고 있을는지 걱정되네요."

"아! 맞다, 맞아. 지부장님이셨지. 크으! 이게 바로 아빠 같은 리더의 마음이죠."

"저 21살밖에 안 되었는데, 아빠는 좀 아닌데……."

다행히 1팀의 핑계를 대니 이 MC는 내 어깨를 툭툭 쳐 주면서 위로하듯 칭찬해 준다.

하아~! 그래, 난 돈만 벌려고 여기 온 게 아니지. 생각난 김에 몰래 휴대폰으로 탱커 연합을 검색해서 치우 형님에 대한 내용을 본다.

"음~"

[한국탱커연합 설립. 하나, 정부는 이들을 불법 사조직으로 일축하며 인정하지 않겠다고 성명] 6월20일 J일보

[한국탱커연합 설립 이후 활동 시작. 재생 치유비를 기본조건으로 하지 않으면 던전 활동 파업 선언. 파업에 나선 탱커는 약 1만여 명으로 각지의 오벨리스크 처리에 비상!] 6월25일 D일보

[정부는 던전 파업으로 '국가 안보'를 위협하는 세력이라며 한국탱커연합에 대한 거센 비난] 7월1일 Y일보

[대통령, 초유의 탱커 파업 사태에 대해 발언 '지금 우리나라는 아직도 위기에 빠져 있고, 온 국민이 역량을 합쳐서 그 위기를 넘어서야 하는데 일부 세력이 그것을 방해하는 거 같다.'] 7월3일 H신문

내가 우리 길드 일만 신경 쓰는 사이에 벌써 탱커들과 정부 간의 분쟁은 한참 진행되고 있었다.

얌전한 초식동물들이 반기를 드니 정부는 코웃음을 치면서 대놓고 비난하며 때려잡으려 하는 모양새.

매스컴도 대부분 정부의 입장만을 내놓았고, 탱커들의 입장은 제대로 나오지 않거나 교묘히 편집한 상태였다.

'우라질 새끼들…….'

정부, 언론, 병원. 자본으로 단단히 묶인 이 커넥션을 이기기 쉬울 리가 없지.

하지만 군이 이젠 싸울 필요가 없다. 왜냐면 나라는 전례가 생겨 버렸으니까. 그리고 그로 인해 급속도로 업계가 변하고 있었다.

[37레벨 실드 파이터 이윤성 군, 미국의 명문 길드 캡틴 포스에 입단. 지금 이민 절차를 밟는 중!] A적합자 주간지

[각국 길드의 오너들, 근성 있고 투지가 좋은 한국인 탱커들의 용맹을 칭찬] 하버드 적합자 계열 교수 논문 발췌

[중국의 샨타오렌(쌍두룡) 길드에서 한국인 탱커를 영입하기 위해 브로커들이 대규모로 한국에 입항!] B모 인터넷 신문

[일본의 A총리, 급히 일제시대에 대한 한국에 대한 사과, 위안부 보상 및 야스쿠니 신사 참배를 금하고, 한국인 위패를 반납할 것을 선언. 〈그랜드 퀘스트-야마타노오로치〉 공략을 위해 한국인 탱커를 맞이하기 위한 정치적 포석으로 해석된다.] H모 신문

[러시아 대통령 P는 국적은 상관없다. 우린 용맹한 탱커가 필요하며, 그 능력에 대한 대가는 얼마든지 치를 수 있다고 하면서 가진 능력에 비해 노예처럼 혹사당하는 한국 탱커들을 적극 영입하고 싶다고 말했다.] 러시아 포커스

세상이 변한다. 오죽하면 그 미친 일본 놈들까지 아부해

대면서 탱커를 찾을까?

참고로 일본 놈들은 가지고 있는 고유문화 때문인지 방패, 창을 드는 걸 죽도록 싫어하고 검을 드는 걸 엄청 좋아한다. 오죽하면 일본 적합자 중 가장 많은 인구수를 가지고 있는 게 듀얼 블레이더, 검성, 사무라이, 닌자 이 4종류겠는가? 거긴 특히나 탱커 인구수 부족이라서 아주 난리지.

'그러고 보면 나로 인해 불문율도 깨진 셈인가? 아닌데~ 난 그래도 한국 지부라는 형태로 한국의 던전을 깨는데 말이야.'

던전과 몬스터 처리도 한국 내부, 그리고 세금도 한국 정부에 낸다.

어쨌든 내가 운을 띄워 버렸으니 사회가 미친 듯이 변하려고 발악할 것이다.

저항만 해서는 실패한다는 걸 깨달은 탱커들은 이제 외국의 길드로 도망가는 방법을 찾아냈으니 한국의 탱커 유출은 심각하게 이루어질 테고, 그러면…

'정부고, 의료업계든 변하지 않을 수 없겠지.'

이때까지 잔뜩 끌어안고 돈 벌어온 꿀단지를 버리고 싶지 않겠지만 세상이 변하고, 탱커들도 그냥 외국 나가 버려야지 할 정도로 애국심이라는 감정과 담을 쌓아 버렸으니까 말이야. 하아~

"아이고, 이제 거의 도착했네요. 오늘 저희 목적지입니다.

하하하, 우선은 저녁 식사 전에 게임을 하나……."

"까나리 먹는 게임요?"

"하하하! 선행 학습도 철저히 해오셨네."

'맨vs런닝'은 시스템을 모르고 갔다가 피를 봤으니, 두 번째 방송에서는 실수하지 않기로 한 나였다.

이 방송의 주요 벌칙이 까나리액젓을 마시는 거라는 것도 벌써 알았지. 하하하!

그러니 게임이든 뭐든 열심히 해 주지! 하면서 적합자로서 진지하게 나서 버린 바람에 중요한 메인 MC를 바다 멀리 처박아 버리는 희대의 명장면을 만들어 버린 나였다.

다행히 다치지는 않았지만 너무 죄송스러워서 혹시 몰라 병원 검사비까지 내드려 버렸다. 진짜 예능은 어렵다.

몇 시간 뒤.

대공동묘지 1팀 던전.

회의는 잠시 중지. 이 던전을 클리어할 방법이 마땅히 생각이 나지 않는 일행이었다.

세연은 갑옷을 입은 채로 호수와 언덕을 오가며 궁리하지만 마땅한 방법이 떠오르지 않는다.

단순한 논리로 생각하면 자신들의 부족한 점은 금방 나

온다.

'체력 아니면 화력이지. 나는 이미 죽은 자라서 힐만 받으면 계속 싸울 수 있지만… 다른 멤버가 문제지.'

고뇌하는 세연.

자신들의 조합과 전력은 이미 알고 있는데 여기서 뭘 더 한단 말인가?

또 지형을 이용하자고는 해도, 언덕으로 올라오는 길이 약간 좁다는 것과 등 뒤에는 커다란 호수가 하나 있는 단순한 구조다.

그래도 강철의 두뇌에는 자신들만 가지고 이 던전을 깰 방법이 있었다는 것. 즉, 답은 존재한다. 그걸 푸는 게 문제지.

"Zzz……."

"보자, 소화탄 재료가… 강철 하나. 추진제, 플라스틱, 물, E등급 화약이고, 섬광탄은 물을 빼고 빛의 마테리얼을 넣는 구조네. 그리고 고폭탄은……."

"헤헤헤, 오노데라 짱."

"허허."

다른 멤버들의 모습을 살펴보니 은랑은 늑대 모습으로 엎드려서 자는 중, 진서는 자고 있는 은랑에게 몸을 기대어 휴대용 게임기로 애니메이션 감상 중, 성아는 공학계 클래스답게 인터페이스를 열고서 무언가를 제작, 경학은 로브

차림으로 호숫가에 있는 나무에 기댄 채 독서를 하는 한가한 모습이었다.

그리고 엘로이스도 테이블에 앉아서 여유롭게 홍차를 마시며 물자 체크를 하고 있었다.

"물자 체크?"

"예. 일단 던전에 들어왔으니, 한 번 더 물자를 살펴보고 정리를 해 두는 겁니다. 메이드의 본분이지요."

"음… 이건 성수?"

"가져온 건 약 50병 정도뿐이지만 제가 크루세이더이고, 뒤에 물이 있으니 얼마든지 다시 만들 수 있지요."

"성수… 물. 아! 이거구나!"

호수를 바라보면서 말하는 엘로이스. 그 순간 무언가 번뜩이는 세연이었다. 곧바로 인터페이스를 열고, 성수의 자세한 옵션을 바라본다.

성수(聖水) : 성스러운 힘으로 정화된 물. 언데드에게 강하다. 상세 설명으로는 언데드 몬스터에 끼얹으면 지속적인 데미지를 준다고 되어 있다.

즉, Dot(Demage of Time)가 걸려서 주기적으로 지속 데미지를 주는 것. 무기에 바르면 일정 시간 동안 성(聖) 속성이 부여가 되어서 데미지 증가가 된다.

"깨달으셨나요?"

"일단은요. 하지만 성수를 뿌릴 방법이 문제네요."

성수를 언데드에게 뿌리면 지속 데미지를 준다. 자신들은 지형상 우위인 언덕에 있다. 언덕에 오르는 길은 좁으니 그곳에 진을 치고서 방어를 하면 된다.

다만 저 호수의 물을 어떻게 하면 효율적으로 뿌릴 수 있느냐가 문제다. 성수를 만드는 거야 고레벨 크루세이더님이 알아서 해 주면 되니까 상관없고 말이다.

'휴대용 소방 펌프라도 사 와야 하려나? 아니지, 그거 비용이 꽤나 들 텐데, 다른 방법이 없으려나?'

"저어기~ 세연 언니."

"아, 예. 성아 양."

"그 성수(聖水) 있잖아요. 그걸로 뭐 좀 시험해 보려고 하는데 써도 되나요? 제 제작 스킬에 써 보려고요."

어느새 다가온 성아가 성수 사용을 허가받으려 한다. 어차피 호수의 물을 크루세이더인 엘로이스를 통해서 정화해서 얼마든지 보충할 수 있었기에 세연은 고개를 끄덕인다. 그래서 뭘 만들려는지 묻는데…

"소화탄(消火彈)요."

"불 끄는 그 탄 말입니까? 근데 보통 그거는 물을 넣어서 만드는 게 아닌 걸로 아는데요. 소화(消火) 기능이 있는 가스를 액체나 고체로 만든 소화 약제를 사용할 텐데……."

"뭐, 적합자니까요. 헤헤헤."

"그러네요."

공학계 적합자들이 만드는 무구라든가 장비는 첨단 장비 못지않게 다양한 기능들이 있으면서도 재료는 초간단하거나 화학적인 2차, 3차 가공을 하지 않은 소재들만 모으면 되는 게 신기할 따름이었다.

예를 들면 스나이퍼 라이플을 만든다고 한다면 일반적으로 각 부품들을 따로 만들어서 조립을 해서 완성해야 하지만, 공학계 적합자들은 그냥 강철 주괴 몇 개, 나무토막 몇 개, 와이어, 용수철만 있으면 순식간에 뚝딱하고 만들어 낸다.

이게 모두 오벨리스크에 의해 변한 세계의 법칙 중 하나였다.

애초에 이런 걸 따지면 자신들의 적합자로서의 존재부터가 부정될 수밖에 없으니 세연은 그냥 넘어간다.

"즉, 성수를 넣은 소화탄인가요?"

"네. 이번에 스킬을 찍어서 2연장 포신이 개장됐거든요. 그래서 포격 모드를 쓸 수 있게 돼서 지부장님이 시험해 보고 오라고 해서요."

"…과연, 이게 답이었군요. 우선 그 소화탄을 만들어 보세요. 성아 양."

"아, 네. 잠시만요. 제조 시간이 좀 걸려요."

단서를 찾았다. 판타지의 신의 힘으로 정화한 물을! 과학기술로 만드는 포탄에 담겠다는 발상.

그것도 일정 영역에서 일어난 화재를 진압하는 데 쓰는 소화탄(消火彈)에 담겠다니, 가히 적합자 삶에 혁명적인 사건이리라.

물론 이게 다 아틸러라이저라고 하는 레어 클래스가 있었기에 가능한 일이었지만 말이다.

우선 급하게 한 발을 성아에게 만들게 해서 테스트부터 하고자 하는 세연이었다.

"그럼 우선 이 소화탄을 쏴서 나오는 물들이 제대로 성수의 작용을 하는지부터 테스트하죠."

"아, 예. 〈트랜스폼 : 아틸러리 아머(Artillery Armor)〉!"

철컥! 철컥! 위이잉!

작은 성아의 몸에 강철의 갑주가 씌워지더니 순식간에 2미터가량의 메카닉으로 변한다.

그리고 개장이 완료되었다는 표시가 되어서인지 예전과 다르게 등에 메고 있는 2연장 포신과 왼쪽 팔에 있는 개틀링 레이저 쪽에 푸른 불이 점멸하고 있었다.

[아, 이거 사용 가능이라고 뜨는 거예요. 이제 다리 쪽에 있는 미사일 포드만 남았네요. 그럼 우선 한 발 만든 걸 써볼 건데… 이거 어디로 쏴야 하죠?]

"제가 저쪽 구석에 있을 테니, 저만 영향을 받게 쏘면 됩니다. 저도 엄연히 언데드의 일종이니까요."

소화탄은 시한장치를 통해서 공중에서 폭파시켜서 그 안

의 내용물을 비산시키는 타입이다. 즉, 장치 면에서는 고폭탄과 다를 게 없고, 다만 내용물의 차이일 뿐이다.

어쨌든 적합자의 능력으로 만들어 낸 소화탄의 내용물이 성수의 기능을 그대로 갖고 있는지를 테스트해야 하니, 데스 나이트인 세연이 그 모르모트를 자처한 것이다.

[포격 모드, 세트! 사거리, 포탄의 시한장치 조작 완료. 발사까지…….]

"흐음~"

[셋… 둘… 하나…….]

접혀 있는 포신 2개 중 하나만 펴지면서 어깨 앞으로 전개가 되고, 허리 쪽에서 지지대가 나오더니 땅에 박혀서 아틸러라이저의 몸체를 지지한다. 기체가 뒤로 밀리는 것을 방지하는 장치였다.

성아는 좌표를 통해서 계산을 완료하고 그대로 쏴 버린다.

콰아아아아앙! 쐐에에에에엑!

폭발하는 포탄의 발사음과 함께 공기를 찢는 파공음이 주변에 퍼지고, 후폭풍이 일어난다.

갑작스러운 포격 소리에 자고 있던 은랑도, 독서 중인 경학도, 애니를 보던 진서도 모두 깜짝 놀라 일어난다.

"뭐야?"

"으어어어?"

"헉! 이게 갑자기 뭔가?"

파앙! 쏴아아아아!

그들이 멍한 사이, 하늘에서 시한장치가 작용된 소화탄이 터지고, 그 안에 있던 물이 비산하며 땅에 비를 뿌리듯 쏟아지는 광경이 보였다. 그리고 세연은 그 인공적인 빗속에서 고통을 느낀다.

'아프네요. 방어력도 감소되고, 체력 모두가 빠르게 깎이고 있어요.'

치이이익…….

데스 나이트이기에 성수에 데미지를 입고 있었다. 피부 위로 연기가 나면서 화상을 입는 고통.

하지만 얼마 안 있어 소화탄의 효과가 떨어지자 세연의 체력은 더 이상 소모되지 않는다.

"어쨌든… 이걸로!"

승산이 생겼다. 이걸로 공략의 답이 나온 것이다.

세연은 성아에게 돌아가자마자 이 성수 소화탄의 제작부터 착수한다. 이것만 있으면 1,500마리의 구울과 좀비 떼는 그저 경험치 덩어리에 불과했다.

"하지만 방법을 알았다고는 해도 준비를 철저히 해야 합니다."

세연의 말에 따라 1팀원들은 언덕에 오르는 길 앞에 목책을 만들고 방어 진형을 구축하기로 한다. 저번 지하 던전의 경험으로 원거리 딜러와 힐러의 안전을 확실하게 하기 위해서였다.

챙긴 서바이벌 키트에는 나무를 자를 수 있는 톱도 마련되어 있었다.

"그동안 성아 양은 가능한 많은 성수탄(聖水彈)을 마련해 주세요. 엘로이스 님도 성수를 계속 만드시고요."

"아예 새로운 탄종으로 이름을 붙여 버리셨군요."

"차후에도 쓸 수 있을 거 같으니 구분해 둔 겁니다."

강철은 당분간 언데드 던전을 안 간다고 했지, 아예 가지 않는다고는 말한 적 없었다.

좋은 사용법, 비법을 알아냈으니 차후에도 쓸 수 있게 규격화해 둔다.

어쨌든 유성아는 앉아서 성수탄을 만들기 시작했다.

"흠… 바리케이드는 나무로만 해도 되려나요? 억지로 뚫고 오기라도 하면……."

"허허허, 시간만 벌어도 충분한 걸세. 마법 하나, 스킬 하나에 목숨이 갈리는 게 적합자 세상 아닌가? 이런 걸 설치해서 목숨을 벌면 손해 보는 장사는 아닌 거라네."

"더불어 후열 진형이 안정화되어야 힐과 원거리 딜러들이 안정적으로 딜을 할 수 있습니다. 물리적 안전뿐만 아니라 심리적인 안정감도 중요하지요."

안전을 도와주는 벽 하나의 존재. 그 하나의 차이가 심리

적 안정의 차이를 주고, 집중의 차이를 불러온다.

적합자 세계에 여러 가지 격언들이 있는데, 그중 하나가 바로 '할 수 있는 건 일단 다 해 놔라. 그래야 후회라도 없지.'였다.

2팀에서 1팀으로 옮겨 온 진서는 그 말을 듣고 고개를 끄덕이며 계속해서 망치질을 한다.

'후… 그나마 이 팀은 분위기가 괜찮네. 알지도 못하는 이야기도 안 하고, 더구나 분위기도 괜찮고. 이번엔 아이템 세팅도 바꿨으니까 열심히 해야지.'

2팀에서 1팀으로 옮겨 온 진서는 공학계 하나가 있지만 그래도 이전보다는 위화감이 적은 이 분위기가 좋았다.

자신도 갑주를 입고 있는 다크 나이트였고, 세연도 데스나이트, 거기에 엘로이스는 메이드 복, 경학 할아버지는 망토 차림, 은랑은 가죽으로 된 인디언 전통 의상 같은 드루이드 전용 아이템이었으니 말이다.

"진서 님, 정말 죄송합니다. 원래라면 엘로이스 님을 제외하고, 탱커이자 저보다 레벨이 높은 진서 님이 리더를 맡으셔야 했는데……."

"아, 아닙니다. 하하하, 저는 레벨만 높지 맨날 뒤에서 보기만 한 쩔로 큰 놈이나 마찬가지라 경험도 부족하고, 사모님도 잘하고 계시니 전혀 불만 없습니다. 아니, 그냥 잘 부려 먹어 주세요."

"하아, 예. 뭐 그렇다면야."

세연은 이 진서라는 남자가 마음에 들지 않았다.

늘 패기 없는 태도에 음침하고 소심한 모습. 그녀가 좋아하는 게 거침없는 강철이라는 점을 생각하면 지당했지만 그래도 동료였고, 챙겨야 하는 사람이었다.

"휴우~ 이제 남은 게… 간달프 님."

"허허허, 예, 파티장님."

"제가 말씀드린 마법, 메모라이즈랑 준비 다 되셨죠? 적어도 1시간 정도는 지속 마법들이 효과를 유지하게 해야 하니 마나 포션도 넉넉히 챙기세요. 그리고 이번엔 광역 딜 마법도 준비해 주시고요."

"허허, 알겠습니다."

이미 나이를 먹을 만큼 먹고, 사회 경험도 많다 보니 자신보다 훨씬 어린 세연을 업신여기지 않는다.

과학자로서 한평생을 근무할 때 자신보다 나이 어린 도련님 스폰서들에게서 모욕 먹던 일에 비하면 이 정도는 아주 크게 존중해 주는 편이었다.

파티의 탱커이자 지휘관인 그녀의 말과 공략이 허황된 것도 아니라서 더욱 따를 만했다.

"은랑 님은 이번엔 앞에 나가서 싸우는 게 목적이 아니고, 저와 진서 님이 탱킹을 하다가 쫄이 새어 나가면 그놈들을 저격해서 맡아 주십시오. 절대 저희 앞을 나서면 안 되고,

잡고나면 다시 원위치에서 대기하면 됩니다."

"큰 늑대의 명을 받은 늑대의 말, 따르겠다."

저번 던전의 경험이 있었던 건지 아니면 스스로 공부를 한 건지 파티 사냥에 대한 임무 하달에 잘 적응하는 은랑이었다. 어쩌면 적합자 딜러로서 가장 알맞은 성격을 가진 건 그일지도 모른다. 충직하고, 용맹한 늑대의 기상을 품고 있으니 말이다.

"그건 그렇고, 제발 나무에다가 이상한 자세로 오줌 좀 싸지 마세요."

"나, 해야 한다. 영역 표시."

엄청 잘생긴 미소년 마스크에 노출이 많은 인디언 전통 의상 같은 가죽옷을 입고선 하는 짓이라는 게 나무에다가 개 같은 자세로 오줌 싸는 거라니.

세연은 한숨이 나온다. 생각해 보면 은랑이 식당에서도 수저를 안 쓴다고 늘 성아가 난리 치곤 했다.

정말이지 신이란 밸런스 패치를 나름 잘하기 위해 저 소년에게 개 같은(동물적으로) 성격을 부여한 거 같다는 생각이 든다.

'하긴 저 외모에 몸매, 성격도 무난한데 행동까지 정상이었어 봐. 사기지, 사기야. 저런 점이라도 하나 붙여야 정상으로 보이는 거지. 휴우…….'

마지막으로 지금도 열심히 성수탄을 만드는 성아에게 가

는 세연이었다.

강철이 교육소에서 데려온 신입 중 14살 여자아이라서 은근히 신경 쓰였던 그녀였다. 똘망똘망한 눈동자가 귀엽지만 행동 요소요소가 빨리 철든 어른 같아서 더욱 기특해 보이고 귀여웠다.

"아, 세연 언니, 성수탄 이제 좀 있으면 40발째 만들……."

"아저씨, 우리 지부장님을 어떻게 생각합니까?"

"에엑?"

왜 자신에게만 그런 질문을 하는가? 라는 눈빛으로 세연을 바라보는 성아.

세연의 눈빛은 날카로워져 있었다.

'놀라는 모습도 귀여워.'

"지부장님요? 음… 입만 열면 욕이고, 취미도 나쁘고, 맨날 화내고, 바보라서 답이 없는 남자라고 생각하는데요?"

'음…….'

대답 자체는 싫어하는 눈치였지만 세연은 성아의 표정과 눈빛을 바라보고 읽는다.

약간 빨갛게 달아오른 얼굴에 눈빛이 흔들리는 걸 보아서는 본심을 이야기하는 게 아니다.

"흠, 그렇게 싫으면 2팀으로 보내 드릴까요? 어차피 같은 공학계고 어울리기 어렵지는 않을……."

"시, 싫어요! 그, 그래도 지부장님이 지금 길드에 있는 남자들 중에서 가장 나은 편이니까… 유일하게 믿을 수 있으니까요."

'흠… 아직은 그저 호의와 믿음직한 어른의 레벨이군.'

연애라든가 큰 호감까지는 아니라서 안심하는 세연이었다.

하지만 몇 년 있으면 예쁘게 클 거고, 사춘기가 와서 여성으로서의 감정을 자각하면 어떻게 될지는 모르겠지만.

일단 오늘 당장은 문제가 없다 생각한 그녀는 성수탄의 개수를 확인하고는 물러난다.

하루가 더 지난 뒤 새벽.

그렇게 하루를 더 걸려서 모든 준비를 끝내고, 언덕 입구에 바리케이드를 설치, 진형을 짠다.

그리고 다음 날 아침, 마지막 회의.

가능한 한 적이 약한 때에 전투를 시작하기 위해서 이른 아침 해가 뜨기 전 새벽에 회의를 시작한다.

최후방 : 엔젤오브루인(유성아)

XXXXXXX 목책 바리케이드 XXXXXXX

후방 : 엘로이스(엘로이스), 간달프(서경학)

XXXXXXX 목책 바리케이드 XXXXXXX

중견 : 은랑(백은랑)

XXXXXXX 목책 바리케이드 XXXXXXX

전방 : 레저스(백진서), 모드레드(이세연)

"저기, 이름을 다 아는데 굳이 화이트보드에 코드 네임을 적는 건?"

"익숙해지세요. 나중에 레이드 같은 데 수십 명 혹은 백 명 단위로 합동으로 뛸 때는 전부 코드 네임으로 대화, 구별할 겁니다."

"하으으… 그럼 그 사람들에게 전부 다 멸망의천사 님? 하고 들어야 하는 거예요?"

"네."

"으아아앙!"

단호한 세연의 말.

2-1-2-1로 그려진 진형을 보면서 세연은 마지막으로 브리핑하기 시작한다.

"그럼 지금부터 공략 설명드리겠습니다. 전투 시작 신호와 함께 멸망의천사 님이 2연포로 성수탄을 사격, 그 성수의 공격을 맞은 구울과 좀비들이 이 언덕길로 올라오는 것을 먼저 탱커인 저와 레저스 님이 잡기 시작할 겁니다. 참고로 성수탄의 상태 이상 레벨은 멸망의천사 님과 엘로이스 님의 레벨 평균인 (16+72)/2 = 44로 평균 레벨 27인 이곳의 좀비와 구울에겐 상당한 DOT 데미지를 줍니다만, DOT 데미지는 결국 체력을 1 이하로 깎아 내리지 못하기 때문에 올라온 녀석들을 손으로 처리해야 하는 난점이 있습니다."

상태 이상 레벨에 극상성인 성수의 지속 DOT 데미지를 받으며 올라오는 구울과 좀비들은 체력은 상당히 낮아져 있을 것이다.

그런 상태로 위로 올라와서 맞이하는 건 바로 딜탱인 데스 나이트와 다크 나이트일 거다.

"올라온 구울과 좀비들의 체력은 아마 예상치로는 절반부터 약 20퍼센트 정도밖에 남아 있지 않을 겁니다. 그것도 성수의 효과로 방어력도 더 심하게 깎여 나간 채 말이지요. 그걸 저와 레저스 님이 먼저 요격을 시작할 겁니다. 하지만 천오백이라는 숫자는 만만히 생각할 게 아니라서 저와 레저스 님의 사정권에 못 드는 몬스터도 있을 테니, 은랑 님이 저희 둘을 지나치는 몬스터를 하나하나 빠르게 녹여 주십시오. 아직 광역기가 없는 레벨이죠?"

"광역이면 그 뿌리는 마법 말인가? 그런 거 없다."

"예. 알았습니다. 더불어 엘로이스 님이야 할 말은 없고,

서경학 님은 꾸준히 마법 부탁드립니다. 적들 체력도 낮고, 기동력도 낮은 만큼 단점을 부각시켜야 편해져요."

"허허, 알았네."

"그리고 마지막으로 전체에게 전해 둡니다. 아마 전투 중에 레벨 업하시는 분들도 생길 텐데, 위급하다 생각되시면 자신이 지금 필요하다 생각하는 스킬을 그 자리에서 찍어서 사용하셔도 좋습니다. 적합자 세계의 격언, '할 수 있는 건 일단 다 해 놔라. 그래야 후회라도 없지.'를 아실 겁니다."

탱커인 진서에게는 싸우면서 조언하면 충분하다. 모든 조언을 끝내고, 마지막으로 정리 발언을 하는 세연이었다. 그녀는 자신의 듀라한의 대검을 들고서 말한다.

"아마 며칠간은 계속 싸워야 하는 힘들고 가혹한 전쟁터가 될 겁니다. 잘 시간은 꿈도 못 꿀 거고, 식사도 손에 들고 있는 칼로리메이트로 칼로리를, 에너지음료와 포션으로 수분을 보충하는 게 다일 거예요. 하지만 그래도 이 인원으로 저 망할 좀비 새끼들을 처리하면 아마 일반 던전을 수회 분 이상을 돌아서 얻을 경험치를 단숨에 얻을 겁니다. 우리는 여느 적합자 길드와 달리 더 좋은 조건, 우수한 장비, 안전까지 보장을 받고 강해질 기회를 얻었습니다. 이 자리를 마련하고, 기회를 준 지부장님을 실망시키지 않기 위해서 이제 남은 건 싸우고, 강해지는 길뿐입니다. 그럼… 제 위치로!"

"예!"

"아우우우우우우!"

"〈트랜스폼-아틸러리 아머〉!"

포효하는 은랑의 소리와 함께, 다들 각자 자리를 잡는다.

전투 시작은 일출이 시작되는 오전 5시 10분. 오벨리스크가 만들어 낸 시스템은 어찌나 정확한지, 일출이 시작되자마자 언데드들의 밤의 전투 보너스는 사라진다.

그리고 그 전투의 시작을 알리는 건 유성아의 포성이었다.

그녀는 눈앞의 화면에 나타나는 시계를 바라본다.

[AM 5 : 10 : 02 : 45]

'드디어 시작이구나…….'

[엔젤오브루인! 유성아! 갑니다! 포격 준비 완료! 장전, 탄환 성수탄, 좌측 포문부터 발사합니다! 준비! 발사아아아!]

콰아아앙! 쐐에에에엑!

아틸러라이저 메카닉의 왼쪽 포신에서 불이 뿜어지고, 포성 다음으로 날아가는 포탄이 공기를 찢어 가르는 소리와 함께 전투가 시작된다.

하늘에서 터진 성수탄은 이제 대공동묘지의 맨 끝 부분의 구울들에게 성수의 비를 뿌리게 된다.

므어어어?

그어어어어어!

그어? 그어! 그어어어!

그리고 몬스터들과의 첫 조우는 첫 성수탄이 날아가고 약 5분 뒤, 언덕을 올라오는 놈들로부터였다.

언데드 감지 스킬을 가진 엘로이스가 상대의 상태를 살핀다.

"LV. 27 구울, 체력 3,123/23,331에 상태 이상 방어력 하락. 적들의 체력 평균 10퍼센트 정도 남아 있습니다."

"예. 계속해서 보고해 주십시오. 들으셨죠? 진서 님, 수는 많아도 이미 우리가 공략상으로 우위입니다. 다만 문제는 숫자일 뿐! 〈액티브-혹한의 검〉."

"예. 하하하, 그, 그럼 이제 시작하나요?"

끄덕.

세연의 끄덕임을 신호로, 다크 나이트와 데스 나이트 두 사람은 각자 자신의 버프를 걸고서 몬스터들에게 돌진한다.

1,500 대 6! 다른 적합자들이나 길드가 보았다면 미쳤다고밖에 말 못할 전투가 시작되었다.

그어어어…….

다가오는 좀비와 구울.

체력이 상당히 깎여 있고, 방어력까지 낮은 이들이지만

천오백이라는 숫자는 너무도 아득해 보였다. 마치 개미 떼가 뭉친 거 같은 아래의 광경에 질릴 거 같았다.

그어어어어.

므어어어어어어!

"으랴아아앗!"

"흡!"

서걱! 파각!

세연과 진서는 맨 앞에 다가온 구울과 좀비들을 각각 베어 낸다.

진서의 일격엔 좀비가 폭파되듯이 사라지지만 세연의 검을 맞은 구울은 저항을 하며 한 걸음 더 다가온다.

'역시 레벨 차이가!'

"괜찮으세요? 사모님?"

"전 괜찮습니다. 합!"

퍽!

두세 번을 더 공격해서야 쓰러지는 구울.

세연은 남은 찌꺼기를 발로 차내어 다음 다가오는 좀비의 움직임을 제한하는 데 사용한다.

27레벨인 세연과 46레벨인 진서는 딜량뿐만 아니라 무기 등급도 차이가 났기에 진서는 마치 추수하듯 여유로웠지만 세연 쪽은 점점 뒤로 밀리기 시작한다.

"사, 사모님, 괜찮아요?"

"괜찮습니다."

다행히 그녀는 〈패시브-죽은 자〉이기에 호흡의 문제 때문에 운동 능력이 저하되는 일은 없다. 힐만 받으면 무한히 움직일 수 있는 것.

컨디션이라는 단어가 성립하지 않는 그녀이기에 계속 움직이면서 좀비와 구울을 열심히 상대하며 베어 내지만, 물밀 듯이 다가오는 떼거리에 어느새 첫 번째 바리케이드까지 몰린다.

세연은 필사적으로 언데드들의 움직임을 제어하기 위해 내리막길 위쪽에 있는 자신의 장점을 이용해서 구울 하나를 넘어뜨리지만…

므어어어!

'하나가 넘어지면 둘이 그걸 밟고 넘어오네. 크윽! 이토록 지독한 전장일 줄이야.'

피가 아무리 적은 몬스터라고는 해도 공격을 주고받으면 세연의 체력도 소모된다.

그녀는 자신의 스킬 〈패시브-소울 드레인〉으로 쓰러진 몬스터에게서 체력과 마력을 회복받는다.

그녀가 직접 없애는 몬스터의 숫자는 적었지만…

"으랴! 으랴! 으랴랴랴랴! 〈액티브-저지먼트 폴(Judgement Fall)〉!"

콰가가가가가가가!

어느새 다크 나이트로 변해서는 광역 기술을 퍼부으면서 신나게 몬스터를 휩쓰는 진서의 모습이 보인다.

세연의 패시브는 그녀가 직접 쓰러뜨린 것뿐만 아니라 진서가 쓰러뜨린 몬스터의 시체에서까지 체력과 마력을 회복하니, 힐 부럽지 않은 효율이 나온다.

결국 또 엘로이스만 여유롭게 되는데…….

'그렇다고 두 번 같은 실수하면 주인님께 미움받겠죠. 휴우~'

콰아앙! 쐐에에에엑!

일전의 일이 있었기에 한시도 눈을 떼지 못하는 엘로이스였다.

자신을 포함한 후방의 다른 사람들 중 성아는 계속해서 성수탄을 포격하고 있었고, 새하얀 로브를 입은 마법사 서경학은 저번과 같은 실수를 하지 않겠다는 건지 계속해서 마법으로 전방의 탱커들을 지원해 주고 있었다.

"〈액티브-아이스 필드〉!"

땅을 얼려 미끄럽게 만드는 광역 슬로우 마법.

전방에서 직접 세연, 진서와 부딪치는 좀비들이 대상이 아닌 그 3~4미터쯤 뒤에 시전을 해서 올라오는 좀비들의 대형을 무너뜨리고 있었다. 사실상 성아와 더불어 전략의 핵심 중 하나였다.

'휴우… 제가 그 남자처럼 버프만 있었어도 좀 더 빠른 공

략이 가능했을 텐데…….'

엘로이스가 생각하는 그 남자는 바로 차현마. 버프, 힐, 유틸. 완벽한 크루세이더 힐러의 표본이었다.

자신은 퇴마, 힐, 유틸로 스킬을 찍었기 때문에 힐과 생존기 외에는 도움 줄 게 없었는데, 지금 자신들의 전략적 상황이 너무 좋아서 힐도 자주 안 줘도 될 정도였다.

"크윽! 시체가 쌓이니 귀찮아지네! 이대로 깔리면 안 되는데! 어쩌죠?"

"뒤로 물러나야죠!"

언데드 몬스터를 죽여도 그 시체가 남아서 걸림돌이 된다.

고작 수십 마리 잡았는데 자신들이 세운 바리케이드만 한 시체의 벽이 생겨서 그걸 타고 넘어오는 몬스터와 싸워야 하고, 언덕길 아래로 떨어뜨려야 하는데 전방에 있는 두 탱커는 올라오는 무리의 처리만 해도 힘든 현실이었다.

므어어어어어!

크어어!

그어어어어어!

"제기라아알! 〈액티브-저지먼트 폴〉!"

"읏!"

진서가 다시 광역기를 사용하지만 죽어 있는 시체들이 벽이 되어서 아까보다 쓰러지는 몬스터의 수가 적었다.

점점 우월하던 지형이 시체가 쌓여 나가니 귀찮아지고 있었고, 물밀듯이 몰려오는 무리에 세연도 동시에 상대해야 하는 숫자가 점점 많아지니 하나둘 좀비들이 새어 나가고 있었다.

“〈액티브-도발〉! ‘신선한 장기가 얻고 싶지 않냐?’ -언데드 사념.”

“조금 물러나야 할 거 같은데요?”

“아직 4시간밖에 안 됐어요.”

“저 망할 시체를 좀 치워야 하는데!”

[세연 언니! 진서 아저씨! 엎드려요! 목표는! 저 시체의 산! 탄환은 고폭탄! 2연장 동시! 발사!]

콰아아아아앙! 퍼어엉! 후두두둑!

시체가 쌓인 것 때문에 난감하다는 것을 눈치챈 성아가 바리케이드 하나를 넘어 나타나서 쌓여 가는 시체의 장벽에 고폭탄을 쏴 버린다.

세연과 진서는 후폭풍에 뒤로 쓰러졌다가 엘로이스의 힐을 받고서 겨우 정신을 차린다.

고폭탄의 화력과 후폭풍에 한 차례 쌓이던 좀비들의 장벽이 무너지고, 그 뒤에 있던 좀비들은 후폭풍에 진형이 무너져 내린다.

뒤에 있던 다른 좀비와 구울들이 그 쓰러진 좀비들을 밟고서 올라오고 있었지만, 맨땅을 밟는 거보다 힘들어서 올라오는 속도가 현저히 느렸다.

[이틈에! 전 다시 성수탄 쏘러 갈게요!]

"잠깐 대기하세요! 포신이 과열되면 아예 수리를 해야 합니다! 지금 몇 발 쐈죠? 냉각 시간 준수하고 있습니까?"

[일단 규정은 지키고 있어요! 분당 4발, 좌우 각각 2발, 냉각 시간은 철저히!]

"좋습니다. 여차하면 간달프 님께 바람 마법으로 포신을 식혀 달라고 하세요. 단, 냉각 마법은 절대 안 됩니다. 온도차에 의한 손상은 알고 계시죠?"

[예! 알겠습니다. 파티장님!]

쿵… 쿵!

그리고 다시 물러나는 성아.

진서와 세연은 다시 자세를 잡고 일어나며 자신들의 투구와 갑옷에 붙은 좀비들의 살점과 다 썩은 내장을 떼어 낸다. 지독한 악취가 코를 찌르는지 진서는 코를 찌푸렸고, 세연은 아무렇지도 않다는 듯 다시 자세를 잡는다.

"크으! 썩은 내 쩔어! 근데 사모님은 비위 짱이시네요!"

"지금 절 놀리는 겁니까? 닥치고 몬스터나 써세요."

"히이이익! 죄, 죄성함다!"

"크윽!"

하지만 곧장 다시 몰려온 좀비, 구울과 싸우는 진서와 세연.

바리케이트 하나 뒤에 있는 은랑은 대기하라는 명령을 들었지만 고생하는 동료를 보니 피가 끓어올라 결국 한 발 나서기 시작하는데, 엘로이스가 그걸 보더니 제지한다.

“은랑 군! 명령 못 들었습니까? 나서지 말라고… 자리를 지키세요!”

“늑대는 동료를 버리지 않는다.”

“당신이 멋대로 하는 게 버리는 겁니다.”

“그럼 내가 움직이지만 않으면 되는 거지?”

늑대 상태로 엘로이스를 올려다보는 은랑. 엘로이스는 고개를 끄덕인다.

현재 그의 임무는 근접 딜러로서 탱커인 진서와 세연을 뚫고서 들어오는 몬스터를 처리하는 역할이다. 그가 맘대로 앞으로 나섰다가 좀비와 구울들이 힐러와 마법사를 덮치면 파티 전체가 위험해지는 거나 다름없었다.

“그럼 다른 방법으로 지원하지. 〈액티브-스피릿 오브 울브즈(Spirit Of Wolves)〉!”

아우우우우우우!

은랑이 하늘을 향해서 울음소리를 내자 그의 뒤에 반투명의 늑대가 3마리 나타난다. 분신 스킬? 새로이 배운 스킬 같았다.

“늑대는! 동료를 버리지 않는다! 동료를 구하라! 나의 혼이여!”

컹컹!

으르르르릉!

아우우우!

10레벨에서 16레벨로 업하자마자 나온 울프 드루이드의 신기술.

무리 사냥 다큐멘터리를 본 은랑은 곧장 그 스킬을 찍고, 관련 패시브 하나까지 완전히 마스터했다.

〈액티브-스피릿 오브 울브즈(Spirit Of Wolves)〉

설명 : 자신의 늑대 모습과 똑같은 영혼 늑대를 소환합니다. 스킬 레벨×1의 마릿수만큼 소환 가능(3마리). 스킬 마스터 보너스는 지속 시간 체력이 소모될 때까지 영구 지속 [M]

〈패시브-무리는 하나이고, 하나는 곧 무리이다〉

설명 : 선행 필수 스킬-스피릿 오브 울브즈(Spirit Of Wolves). 스피릿 오브 울브즈(Spirit Of Wolves)로 소환되는 영혼 늑대들의 공격력이 소환자의 무기 공격력 일부(50%)만큼 증가한다. 스킬 마스터 보너스는 소환자의 공격 속성을 이어받는다. [M]

16레벨까지 오른 6개의 스킬 포인트를 은랑은 이 하나의 스킬에 올인했는데, 그저 무리 사냥을 하고 싶어서 찍은 스킬이었지만 지금 이 상황에서 최고의 도움을 주고 있었다.

갑작스럽게 탱커 둘만 싸우는 곳에 난입한 영혼 늑대들은 좀비들에게 딜을 하며 고립될 뻔한 두 사람을 구한다.

"이건?"

"은랑 님이 익힌 새 스킬인가 봅니다."

크르르릉!

으르르르릉!

컹! 컹!

그어어어!

영혼 늑대들이 주의를 끌어 주는 덕에 아직 어그로가 안 잡힌 좀비와 구울들을 손쉽게 탱할 수 있게 된 세연과 진서였다.

비록 소환물이긴 하지만 순식간에 전위의 숫자가 늘어난 덕에 싸우기가 쉬워지고, 포위당할 염려가 줄어들었다.

이렇게 각자의 스킬을 이용해서 부족한 점을 메우고, 서로를 구하며 싸우는 것이야말로 파티 플레이의 진면목이라고 할 수 있었다.

그리고 이렇게 세연 일행이 전쟁터와 같은 던전에서 고생하는 동안 강철은 뭘 하고 있냐면?

페이즈 8-4

탱커의 저주

전남 영광 시내.

2박 3일 2일차.

"정말 그냥 이렇게 다니기만 하면 되는 거예요? 예능이면 뭐 좀 난리치거나 뛰거나 하는 게 아니라요?"

"선행 학습도 하신 양반이 이상한 소리 하네."

"전에 보니까 막 단체로 셋이서 팀 먹고 저녁밥 내기하던데……."

"에이! 그런 건 자주 안 해요. 특집 때나 하지."

"그럼 제가 온 건 특집도 아니라는 거네요?"

"하하하하하! 그렇게 되나?"

지금 여름이라 굴비철도 아닌데 난 여기서 뭐하고 있는

건지?

하염없이 바닷가를 보며 도로가를 걷는 나와 2박 3일 프로그램 고정 출연진이었다. 예능 주제에 그냥 걸어 다니면서 관광하며 떠드는 게 다인가?

어쨌든 이야기를 하게 되었으니 자연스럽게 게스트인 내가 주요 화제가 된다.

"그래서, 여자 친구 있어요?"

"좋아하는 사람은 있는데… 하하하."

"크으! 이제는 고액 연봉도 받고 신세도 폈겠다, 뭐하러 고백도 안 하고 있었어요?"

"에이, 그래도 탱커이다 보니까 좀 그렇죠. 하하……."

사실은 내가 용기가 부족한 거지만… 아, 미현 누님, 보고 싶다.

길드 지부가 생기고 난 이후로 크로니클에 거의 들르질 못했네. 고백도 해야 하는데 말이야. 이번엔 반지를 사서 제대로 고백하겠어!

"그럼 여기서 영상 편지 한 번 보내 볼래?"

"아뇨! 전 싸나이답게 직접 고백할 겁니다!"

"크으! 멋있다아! 상남자다!"

"효효! 젊은 친구의 혈기에 뜨거워서 녹아 버릴 거 같구먼!"

당연하지. 이 강철! 언제나 직접 만나서 부딪치는 탱커다.

좋아하는 여자에게 직접 다가가 고백도 못하는 바보는 아니라 이거야!

아, 물론 저번에 한 번 실패했긴 했지만…….

아니, 근데 사실 그건 그 망할 정부 새끼들만 아니었어도 아무 일 없던 거잖아.

“자, 그러면 오늘 저녁은 역시 영광까지 왔으니 굴비지? 굴비!”

“죄다 굴비집뿐인데요?”

시내고 동네고 전부 다 굴비 정식 천지로 뒤덮인 간판을 보니 질릴 거 같은 나였다.

어쨌든 오늘 저녁은 먹어야 하니까 어디든 가긴 가야겠지.

이동하는 동안 잠시 카메라가 꺼지고, PD는 나에게 다가와 기분 좋은 얼굴로 웃으며 말한다.

“이야, 캐릭터 확실해서 좋은데요? 더구나 MC 분들이랑 다른 연예인분들과도 적응력이 좋네요.”

“저 원래 이런데 칭찬해 주시니 기분은 좋네요.”

“더구나 어떻게 저희 프로그램 성격을 알았는지 메이드분도 두고 오셔서 다행입니다. 하마터면 2박 3일의 포맷을 해칠까 걱정했는데…….”

“아, 딱히 의도한 건 아니고, 걔는 지금 던전 갔어요. 힐러라서 던전행엔 꼭 가야 하니까 말이죠.”

“하하하, 그러셨군요. 어쨌든 우연이라 할지라도 저희 프로그램에 맞는 모습을 보여 주셔서 감사합니다. 다만 그래도 어제 같은 일은 사양입니다. 하하하.”

“아, 그건 정말 죄송했습니다. 저도 의욕이 넘치다 보니…….”

어제 저녁 식사 복불복 게임을 하다가 메인 MC분을 바다에 휙~ 하고 날려 버린 일이 다시 생각나는 나였다.

난 PD에게 사과를 했고, 그는 웃음과 함께 고개를 끄덕이며 계속 말을 잇는다.

“아무도 크게 안 다쳤으니 됐습니다. 그럼 다시 이동하시고, 식당에 도착하면 거기서부터 다시 촬영하겠습니다.”

엘로이스를 찾지 않고, 오히려 두고 와서 다행이라는 말을 하는 PD가 마음에 들었다.

단순히 시청률만 생각하는 게 아니라 자신이 구상하고, 이끌어 가는 프로그램의 성격과 포맷을 지키고 싶다는 신념이 느껴졌기 때문이다.

난 이런 사람이 정말 마음에 든다니까~ 뭐 더 해 줄 게 없으려나?

‘장기 자랑이라도 해야 하나? 근데 탱커라서 할 줄 아는 게 힘자랑뿐인데~ 그런 건 식상할 테고. 음~’

잠시간의 휴식 겸 이동. 난 휴대폰을 보면서 메신저 단체방의 메시지들을 확인한다. 음, 별건 없군.

2팀 새끼들아, 왜 나한테 치토게vs오노데라 투표를 묻는 거냐?

그럼 여기선 당연히 난 '가슴 짱 큰 츠구미'라고 쳐서 중립을 유지함과 동시에 누님파라는 걸 어필해 두자.

"꺄아아아아……!"

"…어라?"

멀리서 들려오는 여성의 비명 소리.

뭐지? 요즘 세상이 너무 흉흉해서, 갑자기 오벨리스크가 튀어나와 던전이 나올 수도 있고, 아니면 스캐빈저에게 죽은 시체가 갑자기 발견되는 일도 있을 수 있다.

나는 무의식적으로 팔의 아대를 벗고 소리가 들린 현장을 향해 모든 패시브를 발동시키고 재빠르게 뛰어간다.

"가, 강철 씨? 어디 갑니까?"

"잠깐만 살펴보고 오겠습니다!"

"지금 당신 방송 촬영인데……."

"몬스터나 던전이 열려도 그런 소리가 나올까요? 저 엄연히 한 적합자 길드의 지부장입니다. 확인만 하고 오는 거니까 걱정 마십시오."

몬스터와 던전 이야기를 꺼내자 조용해지는 PD였다. 그도 멀리서 들려오는 여성의 비명을 들었기 때문이다.

이어서 다른 사람들의 비명도 이어지고, 난 소리가 난 방향으로 건물을 뛰어넘고, 올려 다니면서 소리의 진원지로 향한다.

소리의 진원지는 평범한 아파트단지였다.

사람들이 몰린 곳으로 가서 그들이 바라보는 시선과 똑같이 위를 바라보니, 고등학생으로 보이는 한 소년이 아파트 꼭대기에 서 있었다.

"어, 어쩜 좋아요? 자살하려나 봐요."

"이를 어째……!"

"야, 이놈아! 죽으려면 혼자 딴 데 가서 죽어! 집값 떨어져! 예끼 놈아!"

휴, 뭔가 했네. 고작 자살인가?

저런 건 하도 많이 봐서 감흥이 떨어지는 나도 제정신이 아니군.

탱커들이 특히 PTSD와 정신발작이 많이 걸리는 거 아마 예전에 실컷 이야기했을 것이다.

당연하다만 탱커들의 자살율도 상당히 높았으니, 대재앙 시기 하루에 10명이 죽으면 5명은 자살을 한다고 할 정도로 많았다.

근데 이 씨발 노친네는 집값 떨어진다는 개소리를 하고 있네. 차라리 입 다무느니만 못한 말을 꺼내는구먼!

'에휴~ 씨발, 나랑 나이 차이도 얼마 안 나는 애새끼가 죽는 꼴을 보긴 싫으니 말이야.'

수많은 탱커 자살자를 본 나로서는 일단 저 녀석은 당장 죽을 생각이 없는 걸로 판단된다.

그도 그럴 것이, 진짜로 죽을 마음이 들면 예전에 대구 고등학생 투신 사건처럼 조용히 홀로 슬퍼하며 자살을 하는 게 일반적이다.

즉, 저 아이의 태도는 '누군가 나 좀 도와 달라'는 메시지일 가능성이 높다.

그러면 이렇게 쳐다만 보고, 경찰에 신고할 게 아니라 가서 들어주는 태도를 보여야 한다.

'하하하, 이젠 틀렸어. 먼저 갈게.'

'…마, 부탁잉께. 내 좀 직이두가. 느무 아프네.'

'더는 못 살겠다. 내가 포기하란다.'

'하도 자살하는 거 많이 봐서 더는 못 봐주겠네. 개씨발!'

탓타타타…….

난 아파트 단지 안으로 들어가서 엘리베이터를 타고 꼭대기 층으로 올라간다.

내가 주로 본 탱커들의 자살 종류는, 점점 빚만 쌓이는 삶에 절망하거나 던전에서 큰 부상을 입고 더 가지 못할 거 같아서 스스로 죽어 버리는 경우뿐이었다.

나도 자살 생각 엄청 많이 했다. 하지만 이대로 죽으면 지옥에서 천국에 있는 부모님께 면목 없을 거 같아서 이 지랄 같은 삶을 사는 거지. 개씨발.

"어휴, 애새끼가! 문은 또 왜 잠갔어!"

덜컥! 덜컥!

경우에 따라서는 감정에 몸을 실어 죽겠다는 의지군. 또, 자기 할 이야기도 안 끝났는데 갑자기 끌려가는 건 싫다는 이야기다.

하지만 이미 방패를 빼서 스탯이 오른 상태라는 걸 아는 나는 온 힘을 다해서 문을 주먹으로 후려친다.

"으랴아아!"

콰아아앙! 쿵!

철문은 보기 좋게 통째로 부서져 날아가 아파트 난간에 부딪치고 땅에 떨어진다.

어우, 너냐? 자살 희망자가.

보자, 키는 약 167센티미터 정도로 고등학교 남자애치고는 작은 키군. 거기에 안경에 바가지머리. 본인에겐 미안했지만 전형적인 왕따 캐릭터 모습이군.

"으아아아! 다, 다가오지 마요! 다가오면 떨어져 버릴 거예요! 거기서 움직이지 마요!"

"어, 안 움직일게. 이거면 됐냐?"

어차피 떨어져도 지금 스탯을 해방한 내 상태라면 뛰어가서 벽을 타고 떨어지면서 저놈을 잡고 착지도 가능하니까 말이야.

난 당황하지 않고, 그 자리에서 아예 땅바닥에 주저앉아 버린다. 하지만 눈은 저놈의 움직임에서 떼지 않는다.

"아, 아저씨는 누구예요? 경찰? 심리상담가?"

"얀마, 나 스물하나밖에 안 먹었어. 무슨 아저씨야. 그냥 지나가던 사람이야."

"저, 적합자인가요?"

"어. 적합자 맞아."

철문을 한 손으로 부술 수 있는 사람은 적합자뿐이지. 하지만 그게 중요한 건 아닐 텐데?

적합자라는 이야기를 듣자 그 소년도 나처럼 땅에 주저앉아 날 보며 또 묻는다. 적합자라는 거에 반응하는 걸 보니 주변에 아는 사람이라도 있나 보군.

"그, 그럼 딜러세요? 아까 정도의 힘이라면……."

"아니, 개좆 같은 탱커."

"태, 탱인데 그렇게 힘이 세요?"

"내가 힘센데 뭐 보태줬냐? 근데 그게 왜?"

"저희 아버지가 탱커라서요."

이 새끼, 가드가 금방 풀리는군. 아무래도 내 태도가 정답이었던 거 같다.

보자, 일단은 이야기 좀 들어야 하니까 자리를 옮겨야겠군. 등 뒤 출입구 쪽에서 엘리베이터 소리가 난 걸 보니 경찰이 잡으러 온 거 같았다.

내가 일단 일어서자 놈도 따라 일어서서 반응한다.

"뭐, 뭐하려고요?"

"일단 자리 좀 옮기자. 씨발 짭새 왔다."

"네? 어, 어디로 옮기려고요?"

"이 꽉 물고, 눈 꽉 감아! 절대 입 벌리자 마라. 혀 깨문다."

"예? 으갸아아아아!"

쐐에엑!

난 녀석을 낚아채서 그대로 아파트 옥상에서 점프했다. 밑에서는 비명 소리가 들리고 난리가 났지만, 난 죽을 생각 전혀 없다고!

"으갸아아아!"

"안경은 내가 잡고 있으니까 걱정 말고! 입 다물고 있어!"

사아아악!

내려가면서 벽에 있는 배관을 잡고, 낙하 속도를 줄인다. 손이 마찰열로 뜨거웠지만 이 정도 아픔은 강산 브레스에 맞은 거에 비하면 간지러운 수준이다. 아, 물론 어디까지나 비교 우위라서 아픈 건 아픈 거다.

'보자… 지금이 16층… 15층… 14층, 13층… 12층. 좋았어.'

난 배관을 잡은 손에 힘을 더 꽉 주어서 속도를 정지시킨 다음, 도움닫기를 할 준비를 하기 위해 다리를 모아 벽에 댄다.

그리고 목표 지점인 관리실 건물 천장을 바라보고, 양다리에 힘을 주어서 내 몸을 밀어낸다.

"으랴!"

"우와아아아악!"

쿠우웅!

좋았어. 착지 완료.

오른손을 보니 살이 다 까져서 피가 흐르고 있었다. 뭐, 22층에서 뛰었는데 손 가죽이랑 출혈 정도면 싼 거지.

그나저나 이 도시엔 크로니클 지부 있으려나? 없으면 그엿 같은 병원에서 치료받아야 하는데 말이야. 그냥 약국에서 붕대나 사서 감아야겠군.

"이봐! 거기서 내려와!"

"어이쿠! 밑에도 경찰 아저씨가 있었네! 얘 좀 빌려 갑니다~"

난 그대로 아파트 단지 밖으로 뛰어내려서 잽싸게 튄다.

어이쿠, 이 녀석, 거품 문 채 기절해 버렸네. 뭐, 시끄럽게 떠드는 거보단 나으니까 어쩔 수 없지.

[난 이제 더 이상 소녀가 아니에요~ 그대 더 이상 망설이지 말아요~]

세연이 이 녀석, 또 내 벨소리 멋대로 바꿨나? 이건 '성인식'이군. 망설이지 말긴 뭘 망설이지 말라는 거야?

그나저나 전화 내용은 보나마나 2박 3일 제작진이겠군.

멋대로 촬영 중에 떠 버렸으니 말이야. 일단 받아야지.

(강철 씨! 어디 계신 겁니까? 갑자기 이탈하셔서는…….)

"아, 그게 소란이 있기에 보러 온 건데, 해결은 되었는데 길드에서 던전의 문제가 생겨서……."

물론 거짓말이지만 그렇다고 이 왕따 소년을 버려두고 가자니 찜찜해서 어쩔 수 없이 둘러대었다.

어차피 계약서상에도 던전의 문제가 있을 시에는 적합자로서의 일을 먼저 하겠다고 명시를 해 놓은 만큼 내가 불리할 게 없었다.

(그럼 몇 시까지 오실 수 있습니까? 적어도 4시 전엔 오셔야 하는데 말입니다. 점심 식사 게임과 이벤트는 그렇다쳐도 저녁은 중요하니까요.)

"그때까지는 마무리될 겁니다. 정말 죄송합니다. 지부장이라서 어쨌든 책임지는 위치이다 보니……."

(알겠습니다. 그럼 신속히 일 처리하시고, 서둘러 오시길 바랍니다.)

뚜… 뚜…….

P.D님께는 정말 미안하군. 그렇다고 해서 내가 저지른 일을 중도에 포기할 순 없다.

난 이 망할 꼬맹이를 들쳐 업은 채 우선 약국에 가서 내 손을 치료할 붕대와 약을 구입한 다음 다른 아파트의 놀이터에 있는 벤치에 앉아서 치료를 한다.

"아, 씁!"

먼저 물로 손에 굳은 피를 닦아 내고, 소독약으로 소독한 다음 약을 바르고, 붕대로 감아서 치료를 마무리한다.

아, 겁나 아프군. 뭐, 이런 일 한두 번도 아니니 상관은 없지만…….

"으으… 으응."

"어, 일어났냐? 임사 체험 어땠어?"

"으아아악! 허억… 허억… 여, 여긴 어디예요?"

"다른 아파트 놀이터. 아, 씨, 손 아파 죽겠네. 너 때문에 다쳤잖아. 콱! 씨!"

"죄, 죄송합니다아……."

손을 보여 주면서 화를 내는 척하자 녀석은 금세 침울해지며 사과한다.

어쨌든 이걸로 위험도 없어지고, 이야기하기엔 그리 많은 시간이 필요하지 않으니까 후딱 끝내야지.

"그래서, 왜 자살을 하려고 난리쳤냐? 역시 학교 폭력인가? 통계적으로 볼 때, 가정 쪽에 문제가 있다면 자살보다는 가출이 많으니까 대표적으로 학교 폭력이겠군. 흔히 말하는 빵셔틀?"

"저, 그런 거 아닌데요?"

"에라이, 쪽팔린다는 생각 말고, 인정할 거는 인정해. 남의 거 온라인 게임 대신해 준다던가? 새로 산 신발이나 옷 있으면 금세 뺏긴다던가? 혹은 되도 않는 이유로 돈 뺏는다던가? 거기에 선생들은 도와주지 않고 방관한다거나? 후후후, 뻔하지! 산업화 21세기가 되고서 변하지 않는 학교 폭력의 레퍼토리."

"아, 아뇨. 그런 거 전혀 아닌데요. 나름 명문고라서 다 공부하기 바빠서 그런 애들 없어요. 그런 애들 있으면 애들 성적 떨어진다고, 교장이 미친 듯이 잡아대요."

"그럼 뭔데 씨발?"

그럼 역시 가정 환경 문제인가? 학생 레벨에서 자살 원인을 찾으면 얼마 되지 않는데 말이야. 학교 폭력이나 가정환경.

학생 특성상 주로 학교와 가정에서 생활을 하니까 이 두 가지 원인 안에서밖에 안 나오는데, 그러면 역시 가정환경인가?

잠깐, 이 녀석, 적합자에 대해서 아까 반응 보였던데…….

"저희 아버지, 적합자인데 탱커였어요."

"과거형인 거 보니까 지금은 아니라는 거네."

"네. 대재앙 때 다치시고, 반신불수 되고 누워 계신 지 벌써 1년째예요. 그 후 저 혼자 알바라던가 여동생 돌보면서 살고 있는데 너무 힘들어서… 하아~"

그래서 탱커인 것에 반응했던 거군. 보기와 달리 효자에

억척스럽기까지 한 녀석이군. 이런 좋은 놈이 죽으려 했다니 안타깝기 그지없는 나였다.

근데 이상하다.

"어라? 그러면 너네 아버지, 대재앙 이후에도 2년간 탱커 하셨던 거지?"

"네. 그러다가 척추 부분을 다치셔서 큰돈 쓰고, 거기에 정신 이상 때문에 그냥 폐인이나 마찬가지예요."

정신 이상이라. 저거는 재생 시술로도 어떻게 안 되는 부분이다.

알코올 중독, PTSD, 정신 이상, 우울증 등등 탱커들에게 가장 크게 노출된 병이 정신 질환들인데, 재생 시술이 고칠 수 있는 건 물리적인 상처뿐이니까 결국 폐인이 되어서 적합자 생활은 더 못한다 쳐도…

"그렇게 되면 일단 적합자 연금 나오잖아. 그리 많지는 않아도… 는 설마?"

"예. 척추 부분 수술 받는다고 빚을 져서 연금은 다 빚 갚는 데 들어가서 손댈 수 없는 돈이에요."

"어머님은?"

"돈 벌어 온다고 나가셨는데, 1년째 연락도 없는 거 보면 도망가신 거겠죠. 결국 폐인 된 아버지랑 이제 중학교 들어가는 여동생 돌보는 건 모두 제 몫이 되어 버렸어요. 그런데… 흑, 흐끅… 이젠 도저히 못 버티겠더라고요."

서러움에 북받친 건지 눈물을 흘리는 소년.

아버지는 폐인이 되고, 어머니는 책임에서 도망쳐서 결국 그 모든 짐을 지어야 하는 건 이놈뿐이었다.

알바로 생활비를 벌고, 동생까지 돌봐야 하는데 그 책임의 무게와 현실적인 문제를 고등학생 소년이 감당하긴 어렵겠지.

“그래서 오늘 죽으려 했다?”

“예. 한심하죠?”

“아니, 죽고 싶으면 죽어야지. 뭐, 남은 여동생이 문제이긴 하겠지만… 어쩌겠냐? 내가 힘든데 말이야.”

“예상 밖의 말이라 놀랐네요. 대뜸 뭐라고 할 줄 알았는데…….”

“씨발, 나도 탱커로 살면서 얼마나 뒤지고 싶었는지 모른다야.”

조금만 실수해도 빚이 쌓이지, 이미 쌓여 있는 빚도 미쳐버리겠지, 삶은 안 나아지지, 던전은 무섭지, 다치면 아프지, 사람 죽는 거 맨날 봐서 멘탈이 남아나질 않지.

미친 소리 같지만 부모님이 다 돌아가신 나는 그런 군식구라는 짐이라도 없으니 다행이었다.

다행? 다행이라니! 씨발!

“크크큭! 미쳤어. 내가 미쳤지. 이런 씨발 새끼, 부모님이 돌아가셔서 다행이라고 생각하다니. 하하하! 나란 새끼 존나게 미친 새끼네. 낄낄낄!"

"저, 저기요. 아저씨, 괜찮아요?"

"아, 미안하다. 방금 건 못 들은 걸로 해 줘. 나도 모르게 미친 소리 했네. 어쨌든 넌 나보다 훨씬 더 힘들고, 엿 같은 상황인 건 맞으니까 자살하려면 해라. 누가 말리냐. 이런 미친 세상에 힘들다는데, 자살을 왜 말려? 기왕 할 거면 오늘처럼 난동 부리지 말고, 사람 안 보는 밤에 올라가서 투신해. 아, 물론 오늘 너 때문에 아파트 경비 아저씨들 옥상 문 다 잠가 놔서 어려우면 야산도 있고 말이지."

"……."

내 말에 어이없다는 얼굴이군. 하긴 이런 미친 소리 하는 어른이 나 말고 있을 리가 없잖아.

물론 이건 내 본심이 아니다. 사람 죽는 꼴 보기 좋아하는 놈이 어디 있냐? 그러고는 난 품에서 지갑을 꺼내어 내 명함을 하나 건네준다.

"드래고닉 레기온 한국 지부장, 강철?"

"혹시 이 엿 같은 세상에서 어떻게든 살아가고 싶으면 전화해. 너 자립할 때까지 무이자로 돈 빌려 줄 데랑 일할 곳이랑 가족이 살 월세 싼 방 정도는 알아봐 줄 수 있어. 씨발, 네 노력 여하에 따라서 일어설 환경 정도는 만들어 준다 이거야."

"세, 세상에! 정말요?"

"무이자긴 해도 엄연히 빚이고, 너 지금 학교 다니는 거 때려치우고 일해야 돼. 이 지역에서 떠야 하는 게 기본이니 말이야. 학력이든 뭐든 일단 네 엿 같은 환경부터 개선해야지. 혹시 선생들이 지랄하면 그럼 당신들이 생활비 대줄 거냐고 물어. 네 동생도 중학생이라며. 돈 들어갈 데가 한두 군데가 아닐 텐데?"

어차피 일하면서 학교 다니는 게 쉬운 일도 아닐 테고, 아싸리 한 군데 집중하는 게 낫지. 또 엄한 알바보다는 제일 아래 직급이지만 정규직 월급을 주는 우리 일이 낫고, 시간 여유도 있을 테니 말이야.

공부할 근성만 있다면 이게 낫다. 어정쩡하게 학교 다니는 거보단.

"하, 하지만 학교는……."

"넌 이미 한 사람의 가장으로서 짐을 짊어지고 살아 봤고, 알바와 학업을 병행해 봐서 알잖아. 존나게 빡센 거. 그거 줄일 방법을 제안했는데… 그리고 학교 다니면서 해 봐야 시급 암만 잘 쳐줘도 생활비 이상 안 나와. 차라리 좋은 알바 자리에서 일하며 검정고시 치고, 돈 모으는 게 낫지. 아, 물론 네 동생은 아직 중학생이니까 근처 중학교에 다니면 되겠지만 말이야."

결국 세상은 돈이다. 수천만 원짜리 대학 졸업장도 결국 쓸모없는 게 이 세상인데…….

물론 대재앙으로 인구수가 많이 줄어서 예전처럼 열정 페이니 최저 시급만도 못한 데에 취직하는 경우는 없지만, 그것도 다 성인 남성의 이야기다.

이 꼬맹이 놈은 분명 중, 고등학생이니까 할 수 있는 알바도 한정되어 있을 거고, 당연히 원래 아르바이트가 안 되는 놈이라 수습 시급만도 못한 돈을 받고 일했겠지.

세상 돌아가는 거, 결국 뻔하다. 내 경우가 운이 좋은 거였지.

'결국 이 놈도 탱커가 낳은 불행의 산물이군.'

이런 일로 죽는 인간이 한둘도 아닌 데다가 하나 구해 봐야 세상에 변하는 게 없으니, 그냥 일반적인 가정사로 자살을 희망했었다면 이렇게까지 손을 안 벌려 주고, 죽든 말든 마음대로 하고 가라고 했을 나였지만… 아버지가 탱커라는 게 내 마음을 옥죈 것이다.

후우… 나야 운이 좋아서 이렇게 된 거지만 한국의 다른 탱커들은 여전히 재생 치료에 허덕이거나, 소모품으로 사용되는 처지였다.

즉, 나도 지금 당장은 아니더라도 한순간에 이런 처지가 될 수도 있다는 거다.

'그렇게 생각하면… 미현 누님에게 고백하는 게 망설여지는군. 결국 결혼하고 나서 재수 없으면 불행하게 될 테니 말이야.'

지금 내가 가입한 드래고닉 레기온의 경우, 그랜드 퀘스트를 동반한 주요 레이드를 공략하는 최전선 길드.

분명 수많은 괴수와 미칠 듯이 어려운 몬스터들과 상대하겠지.

몸을 고치는 거야 문제없다 치지만 언제 나도 미치거나 폐인이 될지 모른다.

그렇게 생각하면 미현 누님에게 고백하면 안 되려나.

괜히 엄한 놈의 고백받았다가 폐인 돼서 짐덩이가 되어 버리면, 자식이라도 생기고 나서 그렇게 되어 버리면 미현 누님이 불행해질 테니까. 그렇게 되는 건 싫다.

"하아… 씨발, 하아……."

"저기, 괜찮으세요?"

녀석의 말에 정신이 든다.

하아~ 나도 오래 못 가려나? 자꾸 미쳐 가는 거 같다.

요 근래 던전에 거의 안 가고, 일상생활을 많이 해서 잊고 있었던 사실을 다시 떠올려서 그랬던 건지 아니면 스트레스를 못 풀어서 그러는 건지 잘 모르겠지만, 어쨌든 정신이 들었으니 할 말부터 해야지.

"오늘 뒤지려던 놈이 남 걱정할 때냐? 난 냅둬. 너 때문에 나까지 우울해졌잖아. 새꺄! 칵! 그래서 어쩔 거냐? 씨발, 죽어서 편해질래? 좀 더 발버둥 칠래? 아니면 생각 좀 더 해보고 나중에 연락 줄래?"

"고, 고민할 게 있나요. 아저씨 말이 다 맞는데요. 뭘……. 할게요."

"그럼 전화번호 내놔. 일단 나 TV 방송 촬영 있으니까 그거부터 해결한 뒤에 너한테 걸 거고. 일단 이사 비용부터 알아봐야겠군. 아직도 믿기지 않으면 일단 한 오천 정도 쏴 줄까? 무이자에 담보는 네 신상 포함된 계약서 정도로 해서 말이야. 만약 떼먹을 생각하면 이 아저씨, 스캐빈저나 헌터 아는 사람 많으니 이상한 생각은 말고. 힘들게 사는 거 발악할 기회 주는데 그러진 않겠지만 말이지."

"돼, 됐어요. 견적 알아보고 전화드릴게요."

"비싼 거 같으면 내가 가서 엎어 버릴 테니까……. 그 망할 센터. 그럼 난 볼일 있어서 먼저 간다. 너랑 다르게 바쁘신 몸이라서."

그렇게 말하고 먼저 일어서서 자리를 뜨는 나였다.

완전 엉망인 날이군. 안 좋은 기억도 다시 살아나고, 내 상태도 점점 이상해져 간다는 걸 느낀 날이었다.

그와 동시에 끓어오르는 분노. 적합자 본인에게까지만이 아니라 그의 가족들까지 고통받게 만드는 이 탱커들에 대한 차별.

그걸 해결하지 않는 이상, 저 소년 같은 경우는 더욱 늘어날 것이다.

진짜 엿 같군. 이거만큼은 나도 못 참겠다.

나는 다음 촬영을 하는 곳으로 돌아가면서 휴대폰을 들어 전화를 한다.

"치우 형님, 접니다."

현재 한국탱커연합의 대표인 '코드 네임 : 치우'에게 전화한 나는 일단 가입 자체는 무리더라도 할 수 있는 한 탱커연합의 활동을 돕겠다고 지지를 표한다.

오직 탱커라는 이유만으로 사랑과 삶을 포기해야 하는 엿 같은 현실은 있어선 안 된다는 생각이 들었기 때문이다.

'오늘따라 세연이가 보고 싶네.'

'아저씨?'

'아냐, 아냐. 잠깐만, 왜 미현 누님이 아니라 세연이지? 내가 좋아하는 건 미현 누님이라고. 그래, 이건 그거야. 방금 전까지 저 망할 놈의 자슥의 구구절절한 사연을 들어서 그런 거야. 그래, 가족이 없는 나에게 지금 유일한 가족 같은 애니까. 그래그래, 가족! 크흠! 가족!'

'아저씨의 가족. 후훗…….'

'웃지 마! 내가 아는 세연이는 데스 나이트라서 미소를 못 짓는다고. 으아아아! 걔는 없어도 민폐야! 망할 녀석…….

그러면 빨리 돌아오라고!'

혼자서 구시렁거리면서 나는 '2박 3일' 현장에 복귀한 뒤 남은 일정을 모두 소화해 낸다.

더불어 돌아가자마자 3층에 있는 3인실 숙소 하나에 입주민 온다고 지정해 놓고, 미래가 오면 2팀의 사무 보조, 안 오면 아예 2팀에 처넣어 버려야지 하고 자리를 만들어 둔다.

미성년자 고용이랍시고 지크프리트 씨가 허락 안 하면 뭐, 내 돈으로 알바 고용했다 생각해야지.

그리고 다음 방송부터는 탱커연합과 의논하여 본격적으로 재생 치료비 건을 언급하기로 결정한 나였다.

방송이라는 매체의 특성상 탱커에 대한 인식과 이야기를 할 수 있는 곳이었기에! 결국 난 던전에서의 싸움뿐만 아니라 사회에서의 싸움도 하기로 마음먹었다.

페이즈 8-5

죽음의 군세

그리고 던전 1팀 입던 후 3일째.

"하아… 하아, 아! 미쳐 버리겠네!"

"합!"

전투 시간이 어언 40시간을 넘어서자 던전 1팀은 그야말로 미쳐 버릴 거 같았다.

끝없이 몰려오는 구울과 좀비 언데드들을 상대하느라 다들 지쳐서 노이로제가 걸릴 지경이었다.

그야말로 지옥의 한복판이 있다면 여기였을 것이다.

냉정을 유지하는 건 오로지 세연과 경험이 많은 엘로이스뿐, 다른 이들은 포션을 들이켜 가며 힘든 싸움을 계속하고 있었다.

그리고 당연히 이 엄청난 숫자를 잡는 데 경험치도 톡톡히 벌어들인다.

데스 나이트 Lv. 33

울프 드루이드 Lv. 25

아틸러라이저 LV. 25

위저드 Lv. 36

세연이 4레벨, 신입 2명이 9레벨, 서경학이 1레벨 증가할 만큼 많은 양의 경험치를 벌어들인 1팀이었다.

하지만 한창 전투하느라 스킬 포인트를 올릴 시간이 없는 상태였다.

그들은 아직도 몬스터들을 상대하고 있었다.

맨 후방에서 계속 포격을 하는 성아는 언제부턴가 이미 포탄과 성수탄도 다 떨어져서 언덕 자리로 옮겨 가서…

[다 죽어 버려어어어! 꺄아아아아아!]

투다다다다다! 펑! 펑! 펑!

개틀링 레이저와 블래스터를 좀비와 구울에게 난사 중이었다.

그리고 울프 드루이드인 은랑은 늑대 소환수를 쓰고 난

뒤, 새는 몬스터만 잡기에 다소 여유가 있어서 잠시 인간 모습으로 돌아와 인터페이스를 바라보고 있다.

"필요하다, 더 강한 스킬. 보인다, 보스 몬스터."

끄우어어어!

몰려오는 좀비와 구울의 파도가 서서히 끝이 보이는 증거.

보스 몬스터인 구울왕이 거대한 몸체를 이끌고 다가오고 있었다.

수면도, 휴식도 없는 40시간이나 되는 싸움.

"허억… 허억……."

"어르신, 괜찮으십니까?"

"던전이라는 게… 이리 힘들 줄이야. 허허… 면목 없네."

"원래 이렇게 도는 게 비정상인 겁니다. 조금만 참으십시오. 저기 보스 몬스터까지만 잡으면 됩니다."

엘로이스는 옆에서 힘들어하는 서경학을 위로한다.

나이가 많은 탓에 체력적으로 달리는 그는 여태까지 쓰러지지 않은 것만 해도 대단했다.

항상 전장의 풍경을 살피고, 지원 마법을 시전해야 했기에 무리가 되는 게 당연했다.

그렇지만 가장 힘든 것은 역시…

"검의 내구도가 다 되어 가네요."

"하아… 하아… 먼저 하아… 습… 수리하십시오. 하아… 그리고 수리 키트가 작동하는 동안 제가 생존기를 쓰고 버틸 테니! 크으윽! 그사이에 새 스킬도 찍을 수 있으면 배우십시오."

"예, 알겠습니다."

"그으아아아아! 〈액티브-혼세의 무용, 설명 : 카오스 나이트 상태에서 체력이 깎이지 않고, 죽지 않습니다. 쿨 다운 15분〉!"

퍼어어어엉!

카오스 나이트 상태인 진서의 몸에서 회색빛 회오리가 몰아친다.

그리고 이제 몇 분간 죽지 않는 몸이 되었기에 마음껏 원래 세연 쪽에 있던 몬스터를 공격해서 어그로를 뺏어와 혼자서 탱킹하기 시작한다.

"크아악! 이 자식들, 왜 자꾸 물어 대냐! 미쳐 버리겠네! 하아… 크으윽!"

'후우… 빨리, 빨리…….'

인터페이스를 열고, 수리 키트를 사용해서 자신의 검을 수리한다. 그리고 수리 키트가 작용하는 동안 빠르게 스킬 창을 열어 본 세연은 새로 익힐 수 있는 기술이 많은 것을 확인한다.

〈사용 가능한 스킬 포인트 : 6〉

〈습득 가능한 스킬〉

〈액티브-파멸의 일격〉

설명 : 마력을 담아서 적을 벱니다. [미습득]

〈액티브-스켈레톤 소환〉

설명 : 나를 위해 싸우는 스켈레톤을 1명 소환합니다. [미습득]

〈액티브-영혼 오염〉

설명 : 일정 시간 동안 행동 불가 상태로 만듭니다. [미습득]

〈액티브-흑염의 검〉

설명 : 무기에 화염+암흑 공격력을 추가합니다. [미습득]

〈패시브-정신 흡수〉

설명 : 대상의 마력을 흡수하여 체력을 회복합니다. 마력이 없을 경우 체력을 흡수합니다. [미습득]

〈패시브-얼음 갑주〉

설명 : 물리 방어력을 더욱 증가시키고, 이속 감소를 무시합니다. [미습득]

〈액티브-아이스 브레이크〉

설명 : 냉기를 뿌린 다음 폭파시킵니다. [미습득]

*NEW 〈액티브-일어나라! 죽음의 군세여!〉

설명 : 사망한 몬스터 및 시체를 언데드로 일으켜 같이 싸우게 합니다. 이것으로 일어나게 한 시체에도 '소울 드

레인'이 적용됩니다. 1스킬당 10개체씩, 마스터 시 최대 50개체를 일으킵니다. 1일 2회 사용 가능

*NEW 〈패시브-죽음의 군주〉

설명 : 언데드 소환물들의 공격력과 방어력을 증가시키고, 등급을 한 단계 업그레이드합니다.

*NEW 〈액티브-오러 블레이드 1식〉

설명 : 검에 오러 블레이드를 발현하여 모든 공격의 데미지를 증가시킵니다.

*NEW 〈액티브-사령의 갑주〉

설명 : 일정 시간 동안 사령의 기운을 둘러싸서 모든 데미지를 경감하고, 지속 시간 동안 죽음을 피합니다.

〈추가 포인트 투자 가능 스킬〉

〈액티브 스킬-도발〉

설명 : 적 하나를 도발해서 자신을 공격하게 만듭니다. [1/3]

〈패시브-복수의 광기〉

설명 : 공격력의 20%만큼 방어력을 증가시킨다. [2/3]

〈액티브-혹한의 검〉

설명 : 무기에 냉기 공격력과 빙결, 슬로우 효과를 추가합니다. [1/3]

〈패시브-공포의 군주〉

설명 : 적들의 위치를 밝히고, 공포를 심어 스탯을 낮춥니다. [1/3]

다양한 분파로 갈릴 수 있는 데스 나이트이다 보니 새롭게 등장하는 스킬의 양도 상당히 많다.

새로이 등장한 스킬은 총 4개. 그리고 이제부터 본격적으로 찍어야 할 스킬들의 구성을 보면 공용 패시브보다도 확실히 각자의 개성대로 올라갈 길이 갈린다고 볼 수 있었다.

'〈액티브-일어나라! 죽음의 군세여!〉와 〈패시브-죽음의 군주〉는 사령술 트리, 〈액티브-오러 블레이드 1식〉은 검술 트리, 〈액티브-사령의 갑주〉는 탱커 트리의 생존기.'

세연은 그 스킬들을 보면서 웃고 싶었다.

보통 사람이 이런 스킬의 선택지를 보면 오러 블레이드와 탱커 스킬을 찍어서 공격력과 수비력을 올리는 방향으로 갔겠지만, 그녀는 이미 몬스터 데스 나이트들의 데이터를 통해서 스킬들을 충분히 수집했기 때문에 이 중에 함정 카드가 있음을 잘 알고 있었다.

'〈액티브-오러 블레이드 1식〉은 언뜻 보면 상위 스킬이 있는 거 같고, 실제 2식, 3식까지는 배울 수 있지만 데스 나이트라는 것 때문에 '오의'를 배우지 못하는 함정 카드 스킬.'

그리고 〈액티브-사령의 갑주〉는 그냥 생존기에 불과했다.

이 전쟁터와 같은 상황, 그리고 그녀가 조사한 각 데스 나이트들의 데이터로 말미암아 선택할 수 있는 선택지는 바로 사령술이었다.

'당장 소환계라는 특성 때문에 껄끄러워질 수 있고, 시체가 필요한 조건부이긴 하지만 나중에 가면 갈수록 막강해져. 더불어 내 〈패시브-소울 드레인〉 때문에 한 번 흡수한 시체를 다시 재활용도 가능해. 그러니까!'

딜과 탱킹의 시너지, 장래성 모든 걸 따져서 세연이 선택한 스킬은 바로!

"〈액티브-일어나라! 죽음의 군세여!〉, 그 썩어빠진 몸뚱이를! 이번엔 날 위해서 사용해라!"

스아아아아아!

이미 이 치열한 전장 덕에 조건은 만족되었다.

세연의 주문에 한 번 쓰러졌던 구울과 좀비들이 어두운 기운이 휩싸이며 다시 일어나기 시작했다.

일어난 숫자는 최대 가능 숫자인 50개체 전부였다. 즉, 〈액티브-일어나라! 죽음의 군세여!〉를 한 번에 마스터했다는 뜻이다.

그리고 일어난 좀비들의 몸에 휩싸인 어둠의 기운이 물질화되어 각각 무기과 갑주로 무장시키고, 구울들은 발톱

이 더 길어지고 덩치도 한층 커져서 마치 짐승 같은 모습이 되었다.

[〈패시브-죽음의 군주〉가 적용되어, 소환물 좀비가 좀비 워리어로 등급 상승합니다.]

[〈패시브-죽음의 군주〉가 적용되어, 소환물 구울이 비스트 구울로 등급 상승합니다.]

므갸아아아아!

사아아악! 사아악!

그어어어…!

"히이이익?"

"세연 언니, 뭘 한 거예요?"

"데스 나이트의 새로운 스킬인가?"

갑작스럽게 쓰러졌던 구울과 좀비들이 재무장해서 세연의 주변에서 일어나는 걸 본 후방의 동료들은 기겁한다.

특히 크루세이더인 엘로이스는 경악하는 모습 그 자체였다.

다른 이들, 경학과 성아도 딜을 멈추고, 은랑도 깜짝 놀라 물러날 정도로 충격적이었으나 세연은 그러거나 말거나 검을 앞으로 가리키며, 자신의 언데드 군대를 지휘한다.

"모조리 없애 버려라!"

므어어어어!

콰직! 콰악! 챙강!

이미 40시간의 긴 전투로 약 1,200여 마리의 구울과 좀비를 처리하고 보스 몬스터 포함 300여 마리를 남겨 둔 상황에서 세연이 소환으로 일으킨 50마리의 정예 언데드는 남은 적을 쉽사리 분쇄해 나갔다.

애초에 소환수는 소환자의 레벨에 영향을 받기 때문에 평균 레벨 27렙의 던전에서 33레벨의 한 등급 더 높은 광폭한 세연의 소환수들은 압도적으로 전열을 정리해 나갈 수 있었다.

어쨌든 언데드 군사들 덕에 여유가 생긴 세연은 생존기가 끝난 진서에게 다가가서 그를 보호한다.

"괜찮으세요? 진서 님?"

"히이익! 사, 사모님, 뭘 하신 겁니까? 하아… 하아……."

"당장 전투에 도움이 되는 스킬을 찍은 겁니다. 이걸로 한동안 시간을 벌었으니 돌아가서 조금 쉬세요. 단, 잠들지는 마세요. 이미 40시간 이상 지속적으로 싸웠기 때문에 전투 피로로 못 일어날 겁니다."

"예, 알겠습니다."

어쨌든 휴식을 취할 수 있다는 말에 진서는 기뻐하며 뒤로 물러난다.

같은 언데드라고는 해도 레벨, 장비 차이뿐만 아니라 움직임 자체가 다르고, 무장까지 한 세연의 비스트 구울들은 그저 기어 다니며 할퀴거나 물기 공격밖에 못하는 일반 좀비와 구울들을 짐승처럼 날뛰며 분쇄 중이고, 좀비 워리어들은 언데드라고는 하지만 갑옷과 냉병기를 들고 있기에 압도적으로 적들을 파괴했다.

'세상에… 소환수 공격도 소울 드레인이 적용되네.'

더불어 소환수의 공격도 본체의 공격으로 적용이 되는 만큼 소환에 소모했던 세연의 마력이 점점 다시 차오른다.

체력도 흡수가 가능했지만, 지금 최대 상태라서 딱히 더 차오르진 않았다. 그래도 이건 너무 사기스럽다고 생각한 그녀였다.

"세연 언니도 엄청나네요. 와아……."

"내 〈액티브-스피릿 오브 울브즈〉가 초라해 보일 정도다."

"아뇨. 은랑 군의 스킬도 충분히 멋지고 유용해요. 저건 그저 망자를 일으켜 세워서 앞세울 뿐 동 레벨에서 같은 스킬을 쓴다면 은랑 군 쪽이 훨씬 더 좋아요. 저건 그저 숫자만 많은 고기 방패죠."

엘로이스가 대신 변명해 주긴 했지만, 사실 그녀도 세연의 저 스킬이 두려웠다.

차라리 누워 있던 좀비들을 그대로 일으켜 세웠다면 그렇게 무섭지 않았으리라.

그녀가 두려웠던 건 저 승급의 능력.

원본인 좀비를 좀비 워리어로, 구울을 비스트 구울로 변이 시키는 능력.

저런 건 네크로맨서들도 가지지 않은 세연만이 가진 유니크 스킬로 보였다.

그렇다면 그녀가 더 성장해서 고위 언데드들을 다룰 수 있게 된다면……?

'네크로맨서들은 결국 마법사라서 육체 능력이 빈약하기라도 하지, 데스 나이트는 육체적으로도 무시무시한데…….'

벌써 40시간이 넘도록 물 한 모금, 식사 한 조각 없이 싸워도 세연은 지치거나 하는 모습이 없었다.

그녀도 역시나 언데드니까 인간적인 삶은 둘째 친다고 해도 전투적으로 볼 때, 세연만큼 무시무시한 적합자는 없는 거 같았다.

만약 그녀가 나쁜 마음을 먹고 스캐빈저라도 되었다면 몬스터보다도 더 위험한 적합자 몬스터가 탄생했으리라.

그렇게 세연이 지휘를 하며 몬스터와 무쌍을 하는 동안 다른 팀원들은 휴식할 시간을 벌 수 있었다.

크워어어엉!

"드디어… 보스 몬스터군요."

전투 시간 46시간째.

어느덧 1,500마리의 구울과 좀비가 모두 쓰러지고, 마지막으로 거대한 구울왕만이 남아 있었다.

적정 레벨 27레벨의 보스로, 30레벨에 체력이 20만이나 되었지만 1팀의 레벨은 들어올 때와 천지 차이로 달라져 있었다.

데스 나이트 Lv.27 → Lv. 34
울프 드루이드 Lv.16 → Lv. 27
아틸러라이저 Lv.16 → Lv. 27
위저드 Lv.35 → Lv. 37

나머지, 다크 나이트 진서와 크루세이더 엘로이스는 레벨이 높아서 변동이 없었지만 애초에 적정 레벨보다 훨씬 낮은 레벨로 들어온 성아, 은랑의 경우 말 그대로 폭풍 성장해 버린 것이었다.

이젠 들어올 때와 달리 정상적으로 돌 수 있는 적정 레벨이 되었고, 다른 이들도 소소하게 레벨 업을 했다. 그리고 30레벨의 보스 구울왕은 말 그대로 불쌍할 정도로 맞는 처지가 되었다.

크워어어어어!

"다 달려들어서 움직임을 막아라! 진서 님, 다크 나이트 때 극딜하세요. 카오스 나이트 때는 뒤에서 쉬고 계셔도 됩니다."

"예써~ 휴우… 이 던전은 왠지 보스가 제일 쉬운 거 같네요."

"레벨이 레벨이다 보니. 그리고 저놈의 위험한 패턴은 랜덤한 대상을 잡아서 패대기치는 건데……."

크워어어어!

쿵! 쿵! 쿵!

위험한 패턴은 전부 세연의 소환물인 좀비 워리어나 비스트 구울에게 사용한다. 56분의 1이니 한 개인이 걸릴 확률은 약 1.7퍼센트.

걸린 파티원에게 생존기를 줘야 하는 패턴이지만, 그런 게 필요 없다.

사용 횟수는 총 세 번이고, 1팀원들은 전부 떨어져 있으니 조짐이 보이면 충분히 대비가 가능했지만…

크워어어어.

[저쯤 되면 불쌍하네요.]

"게틀링 레이저랑 블래스터를 갈기면서 그런 소리 하는 당신이 더 무섭네요."

투다다다다다! 펑! 펑!

포탄이 떨어져서 평타로 딜하지만 레벨이 올랐기에 무시무시한 속도로 폭딜을 넣고 있는 성아였다.

엘로이스는 어색한 웃음을 지으며 혹시나 힐해 줄 사람이 없나 둘러보지만, 세연이 시전한 새로운 스킬 덕에 탱커들도 잠시 물러나 휴식을 얻을 정도였다.

"이야, 사모님 스킬 덕에 편해졌네요. 휴우……."

"진서 님, 지금 다크 나이트인데 딜 안 하고 뭐하시죠?"

"으아! 죄송합니다. 얼른 가겠습니다. 〈액티브-암흑 검〉!"

"휴우……."

크워어어어어!

…쿠웅!

얼마 지나지 않아 1팀의 폭딜에 못 이긴 구울왕이 드디어 쓰러진다.

50마리의 소환물 중 32마리나 희생되었지만 그것들은 어차피 모두 언데드.

원래 좀비였던 걸 스킬로 다시 일으켜 세웠던 거니 실질적인 인명 손상은 전혀 없는 거나 마찬가지다.

인명 피해도, 손상도 전혀 없는 완벽한 승리를 확신하자 모두들 기뻐하며 환호성을 지른다.

"저희가 이겼습니다."

"휴우… 쓰러뜨렸어요!"

"와아! 이겼다아아!"

"으아아아아!"

"아우우우우우우!"

"후우… 수고들 했네. 허허허, 다들 젊은 게 보기 좋구먼……."

투다다다다다다! 펑!펑!

세연은 표정은 담담했지만 기쁘다는 걸 표현하기 위해서 양손을 쭉 높이 들어 올리며 제스처로 표현했고, 진서는 드디어 처음으로 자신이 적합자로서 1인분을 하게 되었다는 것을 깨닫고 감격하며 운다.

은랑은 늑대 상태로 기쁨의 표호를 내질렀고, 성아도 하늘을 향해 블래스터와 개틀링을 난사하면서 기쁨을 표현했다.

젊은이들과 다르게 성학은 땅에 주저앉아 숨을 고를 뿐이었다.

그리고 갑작스럽게 모든 파티원들의 팔에 있는 나노머신 인터페이스가 빛나기 시작한다.

"어라? 이건……."

[업적 : 어둠에 빠진 자들을 사냥해 볼까? 우선 점멸이 있어야 하는데…….]

조건 : 대공동묘지 던전을 6인 이하 인원으로 클리어

보상 : 칭호-언데드 메이 크라이(Undead May Cry)

"와, 칭호 받았네요."

"오오!"

〈칭호-언데드 메이 크라이(Undead May Cry)〉

무기에 성(聖)속성 부여

어둠 속성 저항 +30

최대 체력 증가(클래스 별로 계수가 다릅니다.)

스태 미너 증가(클래스 별로 계수가 다릅니다.)

DT : 'JackPot!'

탱커나 언데드가 있는 던전 한정으로 쓸모 있을 거 같은 칭호.

엘로이스의 경우 '그랜드 퀘스트'를 클리어한 칭호가 있어서 쓸모가 없었지만, 그 외엔 이제 막 적합자 세계에 입문해서 벌써 칭호까지 얻는 경우는 드문 케이스였고, 이렇게 던전 내부의 한정적 조건을 클리어해서 얻는 칭호는 그 적합자의 실력을 알 수 있게 해 주는 일종의 지표였다.

다른 칭호가 없는 이들은 추가적인 능력치 상승을 기대할 수 있기에 즐겁게 웃으면서 착용한다.

그러자 길드원들의 상태를 볼 수 있는 상태창 앞에 칭호가 추가돼서 나온다.

[언데드 메이 크라이 : 모드레드]

"휴우… 아저씨도 그러고 보니 '아, 저게 안 죽네 : 쇠돌이' 였지. 일단 소환 해제."

파사사삭! 털썩!

세연은 소환 해제를 통해서 남은 구울 비스트와 좀비 워리어들을 없애 버린다.

강화된 모습을 잃어버린 채 다시 구울과 좀비의 시체로 돌아가는 세연의 소환수.

그리고 세연이 다시 공동묘지 쪽을 바라보자 그곳에 있는 오벨리스크가 빛을 내뿜고 있었다.

조건이 클리어되었으니 이제 깨라는 듯 점멸하고 있었지만, 그 전에 우선 이 산더미 같은 1,500여 구의 몬스터 시체를 루팅해야 하는 게 문제였다

"후, 몬스터는 처리했지만… 이거 언제 다 루팅해요?"

"하아~ 한 사람당 한 250마리씩 루팅하면 될 거예요. 일단 일반 아이템은 회수하지 말고, 소재랑 희귀 등급 이상만 챙깁시다."

"예이~"

적합자 일이 힘든 또 다른 이유. 대량의 몬스터를 처리하면 그거 다 처리하기도 힘든 것이었다. 힘든 전쟁 뒤에 뒤처

리까지 다 해야 모든 일이 끝나는 것이다. 보통 이런 던전을 수십 명이서 오는 이유도 뒤처리 문제 때문이었다.

결국 전투 시간 47시간에 추가로 3시간을 더 써서야 모든 시체를 루팅한 1팀 인원들은 오벨리스크를 부수고 크리스털로 길드에 귀환한다.

귀환 후 모든 인원들은 세연에게 아이템을 모두 반납하고, 샤워 및 휴식을 취하러 간다. 거의 50시간을 자지 않고 격렬한 전투를 했으니 지칠 만도 했다.

물론 그만큼 신입인 성아와 은랑이 벌써 27레벨이 된 건 큰 수확이었다.

더불어 세연 자신도 마지막으로 구울왕까지 잡아서 1레벨이 더 올라서 지금 35레벨이었다.

입던했을 때는 27레벨이었으니, 이만하면 엄청난 폭렙업이라고 할 수 있었다.

"음, 진짜 많긴 많네."

희귀 장비 아이템 67개

희귀 스킬북 12개

영웅 장비 아이템 10개
영웅 스킬북 5개

참고로 보스가 30레벨대의 영웅 장비와 스킬북을 줬고, 일반 몬스터들에게 회수한 장비와 스킬북의 숫자도 많았다.

이 수익을 6명분이서 가르면 자신들은 며칠 만에 수억씩 번 셈이다.

물론 정산한 금액은 모두 길드에서 회수한 다음에 성과급 형태로 재배분하겠지만 말이다.

개인 적합자로 행동한 게 아니라 길드의 투자와 지원으로 활동한 이상 당연한 방식이리라.

"어? 세연이 왔네."

"아저씨, 다녀왔습니다."

"그래, 잘 다녀왔어? 하하하, 힘들었지? 어우, 냄새. 야, 오자마자 씻고 일하지."

"아저씨, 너무해. 어쨌든 알았어."

언데드 던전을 다녀왔고, 좀비, 구울같은 놈들의 시체를 뒤적이다가 왔으니 냄새가 날 만도 했지만 여자애한테 직접적으로 말하는 강철의 무신경함도 대단했다.

하지만 세연은 강철이 그런 말을 해도 기뻤다. 저리 무신경한 말을 하긴 해도 자신을 신경 써 준다는 증거였으니 말이다.

어쨌든 세연은 강철의 말대로 씻기 위해서 3층에 있는 자신의 숙소로 향했다.

세연이가 나가고, 난 그녀의 컴퓨터를 바라본다.

아이템 엄청 많이 먹었네. 25레벨~30레벨 아이템은 수요도 많아서 경매장에 올리는 대로 나가긴 하는데, 이거 수익이 장난 아니겠는데?

거의 100개에 달하는 희귀 아이템 이상을 건졌으니까 아무리 적게 잡아도 이번 던전 수입만 10억 단위는 가뿐하게 넘고, 고위 아이템 좀 잘 팔리면 14~17억 정도는 나오겠군.

벌써 이거만 해도 우리 1팀 애들 투자비 다 건졌네.

'하지만 2팀이 돈 잡아먹는 귀신들이라 문제군. 거기도 던전 돌면서 이익을 어느 정도 추구하긴 할 거지만… 뭐, 돈이 남는 건 좋은 일이군. 지부에 예치금으로 모아 놔야지. 팍팍 모아 놔야 나중에 그랜드 퀘스트 때 돈 없어서 포션 적게 사 들고 가는 일이 없을 테니까.'

더불어 레벨 업을 한 만큼 장비도 업그레이드해 줘야 하니, 세연, 성아에게 30레벨 기준으로 아이템 세팅 제출시켜야겠군.

그리고 다음 던전 가기 전에 교육 일정도 잡고, 스캐빈저 교육과 대처법, 또 청소까지, 할 일 참 많다.

젠장! 망할 놈에 지부장일. 아, 게다가 그 망할 꼬맹이 자리까지 만들어야 하네.

"하아~ 어떻게 해도 해도 일이 늘어나냐."

"아저씨, 뭐가 그렇게 걱정이야?"

"어. 일이 엿같이 많아서 한숨이 나와서 그런다. 다음 주에도 또 방송 나가야 하고, 돌아 버리겠다."

"무제한도전?"

"어, 그 맨vs런닝의 메뚜기같이 생긴 아저씨, 그 프로그램에도 나간다니까 먼저 연락 와 가지고는 식사라도 한 번 같이하자던데……."

물론 국민 MC라고 할 수 있는 분과 식사할 기회가 온 건 좋지만 난 거절할 수밖에 없었다.

내 본업은 적합자 일이고, 이제는 탱커연합과 정기 회의까지 끼어 버리니 바빠 죽을 지경이다.

또 이상한 전화도 그렇고, 탱커들의 파업 사태 때문인지 전에 만났던 국정원 직원까지 전화 와서는 난리 칠 정도였으니 말이다.

어쨌든 난 세연이에게 자리를 비켜 준 다음 옆에 앉아서 그녀가 작업하는 걸 바라본다.

"뭐, 그래도 너랑 약속은 지킬 거니까 걱정 마. 일요일 무조건 비워 놨다. 그날엔 세상이 두 쪽 나도 너랑 데이트 간다."

"응, 세연이도 기대하고 있어."

"그럼 수고해라. 엘로이스 님 돌아오셨으니 내일부터는 난 또 여유 시간에조차도 공부해야 할 테니 바쁘겠……."

"아저씨, 던전 열심히 돌았는데~ 소원 하나만 들어줘. 맡긴 던전, 메인 탱커에 파티장 지휘까지 맡아야 해서 너무 힘들었단 말이야."

하아~ 이 영악한 녀석, 내 양심의 가책을 짓누르네.

확실히 세연은 데스 나이트라는 특성 덕에 휴식 및 수면이 필요 없어서 남들의 2~3인분의 일을 해 주고 있긴 하지. 게다가 똑똑하고 침착해서 일 처리도 잘하고. 원래 연령은 16살인데 왜 이렇게 사기 스펙이야?

어쨌든 난 세연의 소원에 응해 주기로 했는데… 그게 뭐였냐면?

"정말 이걸로 된 거냐?"

"응. 딱 좋아."

커다란 사무용 의자에 내가 앉고, 그 위에 세연이가 앉는 형태.

세연은 내 가슴 쪽에 기댄 채 컴퓨터를 바라보며 계속 업무를 본다.

근데 이걸로 된 건가? 오히려 의자 영역이 좁아져서 불편할 텐데, 라는 우려가 생긴다.

"요즘 같이 자지도 못하니까… 세연이는 외로웠단 말이

야. 그래서 할 게 없어서 맨날 일만 하고…….”

“끄응, 확실히 넌 잠을 못 자지.”

“이렇게 같이 있어 주는 것만 해도 충분해.”

“알았다, 알았어.”

슥슥.

난 세연의 머리를 쓰다듬어 준다.

하긴 예전에 같이 내 집에서 살 때와 달리 여기서는 각자 방을 쓰는데, 세연은 잘 필요가 없는 데스 나이트라서 매일 새벽까지 일을 하며 시간을 보낸다.

그 덕에 아직 적은 인원인 한국 지부에서 다양한 일들이 밀리지 않았지.

결국 날 제외한 한국 지부가 여유로운 것도 전부 다 낮과 밤을 가리지 않는 세연이 덕이다.

“아, 맞다. 너네 던전 영상 찍었냐? 그거 보내 줘야 하는데…….”

“응. 이미 컴퓨터엔 옮겨 놨어.”

“철저해서 좋구만. 네 덕에 그래도 좀 편해서 다행이다.”

진짜로 세연이 못 만났으면 난 레이드 뛰고, 드래고닉 레기온 한국 지부장이 되었어도 미친 듯이 일하면서 구르고 있었겠지.

잠시 후, 세연이가 일에 집중하느라 키보드 두드리는 소리만 나자 나는 어느새 눈이 감기고 있었다.

으으… 졸리려던 찰나에 휴대폰 진동이 울린다.

뭐야?

(여보세요. 드래고닉 레기온 한국지부장 강철 씨입니까?)

"누구신데요?"

(전 국가 정보원…….)

"보이스피싱 하지 마라. 등신 새끼야. 아까도 전화하더만!"

미친 새끼들 아냐? 제정신인가? 지금 몇 시인데 전화질이야.

난 곧장 보이스피싱에 화가 난 척 전화를 그냥 끊어 버린다.

씨발, 전화 너머로 국정원 직원인지 아닌지 내가 어떻게 구별해? 미친 새끼, 꼬우면 우리 지부 내 사무실로 직접 행차하셔야지.

물론 국가 권력을 지지하는 대 국정원 직원 분께서 어찌 한낱 적합자 길드 사무실에 직접 왕래하실 리가 없지만 말이다.

"아, 또 전화네. 매너 없는 새끼. 예이~"

(중요한 용건 때문에 전화했는데 무례하게 끊는 건 뭔가? 도대체?)

"그야, 국정원 사칭해서 오는 전화가 하루에 백 통이 넘는데 내가 그걸 어떻게 구별하냐? 씨뱅아! 게다가 지금 몇 시인지 알고나 전화하는 거냐? 퇴근 시간 지났다고! 더불어 드래고닉 레기온 홈페이지에서도 못 봤냐? 한국 지부에 연락과 약속을 잡으려면 우선 한국 주재 영국 대사관부터 거치고 일정을 잡으라고. 멀쩡히 써 있는 절차 개무시하고, 전화 걸어 대는 거면 보이스피싱 맞지."

(…….)

이제 할 말 없겠지.

아니, 애초에 갑질하던 놈들이 갑작스럽게 정상적인 취급 받으면 놀라는 게 기본이다.

마음만 먹으면 나는 새도 떨어뜨릴 수 있다고 믿어 온 바보들일 테니 말이지.

그렇다는 건 이놈은 진짜라는 건데……. 하지만 한 번 들어주면 두 번이고, 세 번이고, 사람의 선의를 이용해 먹는 자식들이니까…….

"말 없는 거 보니까 보이스피싱인 거 딱 들켰구만! 끊어! 진짜 국정원에서 일하시는 분이라면 법과 질서를 지키지 않을 리가 없잖아? 정상적인 루트와 절차를 밟고서 왔을 테니까 말이야. 짜식이! 진짜 국정원에 신고해 버릴라!"

(아, 아니. 난 진…….)

거기서 더 듣지 않고 끊어 버린다. 그리고 스팸 조정까지 해 두는 건 보너스. 자기가 법과 질서를 안 지키는데 내가 왜 응해 주냐?

그러고는 난 휴대폰을 던져 두고, 세연이와 같이 좀 더 노닥이다가 새벽쯤이 되자 돌아가서 잠이 든다.

다음 날.

나를 제외한 1팀 전원은 던전에서 장시간 전투를 통한 피로가 누적되어 있었기에 난 아예 이번 주 내내 출근하지 않아도 된다고 못 박아 놨다.

일을 너무 잘했으니 쉴 땐 확 쉬어야지.

보안팀 동행하에 외출도 허가해 줬으니 걱정도 없다고 했고, 난 오늘은 1팀 사무실에서 세연이의 업무와 동시에 내 업무를 진행하기 위해서 와 있었는데… 이것들, 왜 다 출근해 있어?

“댁들 왜 다 출근했는데? 더 처 자! 더 쉬어! 좀 놀아! 쉬어도 돈 나오는데 왜 출근해?”

“허허허, 오래 살고 보니 신기한 소리를 듣는구먼. 나야 개인 보고서 작성 때문이라네.”

“그거 내가 쉬고 난 다음에 써도 된다 했잖아요. 이 노친네야! 쉬라고! 죽고 싶어? 가서 보약 먹고 더 자든가 놀든가 하라고!”

“허허허, 2팀 사람들이 말하던 신종 꼬장이 이거구만! 걱정 말게나. 1시간 안에 다 쓰고 갈 터이니… 허허허."

전직 과학자와 공학계, 비슷비슷한 인간들끼리 서로 교류했나 보군.

아니, 쉬라는 꼬장이 무슨 꼬장이야. 이 한국 사회에서 얼마나 축복받은 환경인데, 일하려고 지랄을 하냐 이 말이야?

어쨌든 이 짭달프 노친네는 그렇다 치고, 은랑 저놈은 왜 여기 출근한 거야?

"늑대의 방에 컴퓨터 없다. 여기서 오늘 동물의 왕국 다 봐야 한다."

"…월급 나오면 컴퓨터 정도는 사라. 근데 고작 본다는 게 동물의 왕국이냐? 맨날 그런 거만 보냐?"

"아니다. 영화도 본다. 휴 잭맨 짱짱맨이다."

그거 울버린이잖아. 휴우~ 답이 없는 놈.

하지만 이 녀석, 데미지 리포트도 그렇고 활약상 자체는 우수했다.

딜도 우수하고, 이제는 무리 사냥이라는 개념으로 파티 플레이를 받아들인 덕에 자기 포지션도 지키며 우수한 모습을 보였다고 엘로이스가 보고를 올렸다.

"그래서? 넌 왜 출근했냐?"

"혼자 방에 있어 봐야 할 것도 없고……."

"좀 더 자라니까. 괜찮은 거 같아도 전투 이후 충분한 휴식을 취해야 피로가 다 풀려서 다음 일이 진행되는 거다. 보고서 안 올린다고 뭐라 안 할 테니까 가서 좀 더 자. 은랑 너도! 작작 보고, 가서 좀 더 쉬어. 아예 일주일 유급휴가 줄까? 돈 없어서 못 놀러 간다고 하면 휴가비까지 줄 테니까 제발 좀 가서 쉬어라. 제바알!"

이런 미친 소리 하는 길드 지부장은 나밖에 없겠지.

난 분명히 정상적인 말을 하는데 왜 이렇게 블랙코미디 같을까? 내가 말하고도 내가 한숨이 나오네.

"그, 그러면 지부장 아저씨가 어디 데려다주면 안 돼요? 저, 교육소 바깥의 사회는 잘 몰라서……."

"나 지부장이라서 바빠. 간달프 할배한테 물어봐. 진서 형님은 뭐, 아직도 자고 있고. 그래, 이거지. 다들 진서 형님 좀 본받으세요. 몸 관리야말로 적합자 최고의 우선 사항입니다. 쫌! 쉬라고 하면 쉬어요! 제발! 우리 실적이나 그런 거 걱정 안 하고, 레벨 업만 신경 쓰면 되는 길드이니까 몸 관리가 최우선입니다. 여러분!"

물론 수익 실적도 이미 1팀은 지금까지 장비 투자비 다 회수하고, 던전 두 번 만에 6억 정도 매출을 기록했다는 건 숨기는 나였다.

하지만 2팀이 돈을 갉아먹는 공학계 팀에다가 레벨 업도 본궤도에 안 올랐기에 그쪽 금액까지 포함하면 여전히 마이너스였지만, 어차피 그랜드 퀘스트를 위한 투자 길드다.

레벨 업 실적 보고서만 쫘쫘 올리면 꿀릴 게 없는 것이다.

[아나요? 뭘 망설이나요?]

"…야, 세연아! 너 또 내 휴대폰 발신음 바꿨냐?"

"난 이제 더 이상 소녀가 아니에요. 더 이상 망설이지 말아요."

이 녀석, 내가 따지니까 태연하게 노래로 대답한다. 물론 어조가 느껴지지 않는 국어책 읽기였지만 말이다.

에이 씨! 어쨌든 난 전화 화면을 보는데 생전 처음 보는 번호였다.

(저, 실례합니다. 드래고닉 레기온 한국지부 강철 씨 맞으십니까?)

"예. 누구십니까? 그 공식적인 용무라면 대사관을 통해서 하셔야 하거나 제 비서를 통해야 정상입니다만?"

지금은 업무 시간이니 내 말투도 어제와 다른 업무형으로 바뀐다.

이런 태세 전환은 직장인의 기본이지. 후후후.

(예. 전 적합자 채널의 PD, 박영봉입니다. 그, 어제 국정원 직원 분께서 전화해 두신다고 해서 연락한 겁니다. 그러니까…….)

'뭐야, 어제 미친 새끼도 정상이 아니지만 이 새끼도 미친놈이네.'

방송인, 국가 공무원이라는 놈들이 자꾸 이상한 야바위

같은 수단을 정상인 줄 알고 당연하다는 듯 주장하네. 아주 쌍으로 미쳤구먼!

더구나 더 열 받는 건 이놈들이 이런 짓을 하는 걸 '어험! 나니까 이 정도지! 아이고 싸장니임~ 역시!' 하면서 오히려 자랑거리로 삼는다는 것이었다.

'좋다. 이 개새끼들… 어디 한번 엿으로 만들어 주게 듣기나 해 보자.'

(이번에 새로운 적합자 방송 포맷을 짜게 되었는데… 강철 씨는 탱커계의 대표 주자잖습니까? 꼭 저희 방송에 나와 주셨으면 해서요.)

"뭔 방송인데 그 난리입니까?"

(그 슈퍼탱커K라고, 가수들 오디션 프로그램 있잖습니까? 요즘 탱커들 파업이니 뭐니 하면서 난리라서 정부 차원에서 구상을 한 '적합자 오디션' 프로그램입니다. 오디션에 합격한 탱커는 한국 3대 길드의 정규직이 됨과 동시에 영웅 아이템 풀 세트 세팅, 더불어…….)

뭔 별 지랄 같은 걸 만드나 했더니…….

즉, 이건가? 탱커들의 파업 사태와 외국 길드로 자꾸 탈주하는 사태에 대응하기 위한 정부 차원의 탱커 위로 방법의 일환이라는 거군.

"그게 될 거 같냐? 등신아! 지금도 각종 길드 정규직 탱커 새끼들 업무량에 뒤져 죽는 게 현실인데… 아이템이나 정규직이 문제냐?"

(아! 무, 물론 그런 점에 대해서 자문도 얻고 싶었습니다. 더불어 지금 드래고닉 레기온에서 신규 탱커를 모집하지 않습니까? 거기 들어가는 걸로 하면…….)

"또라이냐? 왜 우리 면접 보는 걸 너네 마음대로 방송 상품으로 걸어? 죽고 싶어? 너네 방송사에 드래고닉 레기온 법무팀 고소장 날아가는 거 보고 싶냐?"

드래고닉 레기온 법무팀하면 영국, 미국에서 주로 활동하던 소송계의 스페셜리스트들이다.

게다가 유럽 전체 정부가 드래고닉 레기온에 호의적이라서 물어뜯을 게 생기면 이빨을 내밀고 달려들어 줄 양반이고 말이다.

(어차피 탱커 뽑으실 거잖습니까? 그러니 저희 방송을 통해서 탱커들에 대한 세간의 이미지도 좀 좋게 하고, 사연 부분 넣어서 일반인들에게 탱커들에 대한 동정론을 만드는 것도 좋죠.)

"그래서는 정부가 싫어할 텐데? 너 이 방송 국정원 직원이랑 짜고 구상한 거 아니었냐? 같은 편 아니었어?"

(하하하, 그럴 리가요. 방송국의 편은 오직 '시청률'뿐입니다.)

흠… 미심쩍은데? 하지만 구상만 보면 제법 끌리는 조건이었다.

옛날에 가수 오디션 프로그램을 봤던 나로서도 초기에 엄청난 열풍이 분 것이 기억났고, 참여자들의 사연 같은 걸 소개하면 자연스럽게 탱커들의 고충과 비참한 현실을 알리기 쉬울 거란 생각이 들었다.

(자세한 건 만나서 이야기하는 게 어떻습니까? 어쨌든 이 방송의 최종 우승 상품이 드래고닉 레기온 취업이니 한국 지부장님이 승인 안 해 주시면 곤란하거든요. 하하.)

"음… 뭐, 일단은 생각할 시간도 필요하니 그럽시다. 단, 만나는 날짜는 저희가 잡을 테니 연락 기다려 주시지요."

(그… 지부장님도 바쁘신 건 이해합니다만, 저희 방송국과 국정원 직원분도 사정이 있어서 그런데 오늘 안 될는지…….)

씨발 하나 들어주니까 아주 감 내놔라, 배 내놔라네?

당장 끊어 버리고 싶지만 상당히 끌리는 조건이라서 쌍욕의 폭풍을 갈겨 주고 싶은 마음을 꾹 참고서 말한다.

"하아… 그냥 없던 일로 합시다. 난 아쉬운 것도 없고, 이익도 없는데 왜 내가 댁한테 끌려 다녀야 합니까? 그냥 안 들은 걸로 하고 끊겠습니다."

(잠시만요! 제발 부탁입니다. 오늘 국정원 직원 분 일정 겨우 잡았다고요! 아니, 좀 협조적으로 해 주시면 어디 덧납니까?)

"하!"

어이가 없어서 헛웃음이 나온다.

공식 창구 놔두고 개구멍으로 들어오려는 양반에게 교칙을 준수하라고 듣는 격이었다.

예로부터 당당한 자들은 어떠한 꼼수도 이용하지 않는 법이다.

다른 방송국 인간들은 멀쩡히 자기 프로그램하면서 일정을 나에게 맞추고 기다렸었다.

그러니 즉, 이 새끼는 무언가 켕기는 걸 꾸미니까 이렇게 서두르고, 빨리 하려고 난리친다는 소리였다.

'사기꾼들의 전형적인 패턴이지. 하아~ 그 새끼들, 지금 다 찾아가서 죽일까?'

포션 효능 막 속여서 팔던 놈, 내구도 없는 무기를 팔아먹던 놈, 판매가 후려쳐서 이득 보던 놈. 온갖 사기꾼 다 만나 본 나였다.

이 자식에게서 그놈들 냄새가 난다.

"아니, 어디서 큰소리입니까? 나 오늘 던전 가야 되는데 거기서 미팅하던가요?"

(저, 저기, 그게…….)

"우리 이 사업으로 벌어먹고 사는 건데! 나 없이 하루 안 가면 몇 억씩 손해가 나는지 압니까? 보상해 줄 겁니까? 그래서, 일정이 중요해서 우리가 공식 창구를 그렇게 깐깐히 만든 건데! 적합자 채널의 PD면 길드 취재라던가 해서 알

텐데요? 더는 할 말 없습니다! "

훗, 아무리 잘나신 분이라도 던전같이 위험한 데 오고 싶지는 않겠지.

더구나 일정 잡은 걸 안 가면 진짜로 손해가 나는 건 사실이다.

역시 자본주의 사회에선 돈으로 협박이 최고라니까!

뉴스랑 언론에서도 맨날 '경제가 망한다.'는 슬로건 가지고 국민들 조교하잖아.

저 PD도 역시 그런 데서 평생을 살아서 익숙해졌는지 돈 가지고 협박하니 아주 잘 먹힌다.

어쨌든 끊어 버렸으니 됐고, 오늘 던전 간다고 했으니 2팀에라도 껴서 가서 알리바이나 만들어야겠다.

"하아~ 정말 탱커가 살기 엿 같은 세상이다. 세연아, 나 2팀이랑 던전 갔다 온다."

"응. 조심해요, 아저씨……."

'갔다 오고 나서, 다음 주에 무제한 도전부터 본격적으로 시작이다.'

세상과의 전쟁.

정의니 대의니 하는 걸 건 탱커의 싸움 이전에 나의 싸움이라고 할 수 있었다.

좋아하는 사람을 불행하게 할 걱정 때문에 고백도 못하는 그런 엿 같은 세상을 조금이나마 바꾸기 위한 싸움이다.

그리고 치우 형님과 토의한 결과 이제 방송에 나가서 조금씩 신세 한탄과 다른 탱커들에 대한 장면을 많이 잡히게 해서 탱커들의 실상을 알리는 것부터 시작해야 한다.

음… 오늘 던전에서 상처 좀 입어 놔야겠군.

5권에 계속

www.mayabook.co.kr

www.mayabook.co.kr

www.mayabook.co.kr

www.mayabook.co.kr